雲泥
下
歲見——著
虫羊氏——繪

目錄
CONTENTS

第九章　沒錯

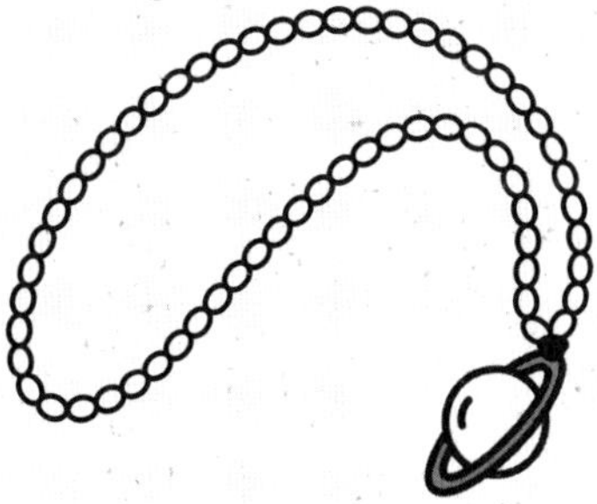

勞動節假期結束後不久，高三迎來三模考試，雖然三模的難度比不上一模二模，但學校還是挺重視這次考試的，畢竟距離升學考就只剩下最後一個月了，也不希望大家有任何鬆懈。
考試是按照上一次月考成績分的班，雲泥還是在第一考場，和她一起的都是男生。
考完試大家還一起對了答案，基本上大同小異，唯一有爭議的就是物理最後一道填空題。
中午午休，幾個男生還在討論那道題目，雲泥趴在桌上補覺，旁邊有幾個女生在聊天。
廬城已經立夏，陽光熱烈，氣溫也跟著往上跑，教室窗簾拉了一半，一半陽光曬進來。
雲泥迷迷糊糊當中又聽見那個熟悉的名字。
這陣子李清潭在三中很出名，她有時候走在路上都能聽見別人在議論他，或是論壇又發了什麼照片，抑或是他又做了什麼事情。
儘管在沒有見面的日子裡，他好像依舊存在於她的生活裡，但事實也的確如此。
方淼拿到交大醫學院錄取通知書離開學校的第二天，雲泥打算和往常一樣在教室待到最後，等其他人差不多快回來再準備去學生餐廳。
可她沒想到，才剛下課就有人把飯送到了教室。
蔣予隻字未提李清潭，只道：「我正好和同學提前去學生餐廳吃飯，就順便幫妳帶了。」
雲泥剛想拒絕，但蔣予反應極快，把飯往她懷裡一塞，轉身就跑：「我先走了，學姐。」
「……」
從那之後，蔣予總是找各種理由風雨無阻地送飯給她，雲泥拒絕過，但都沒能成功。

勞動節放假前，雲泥叫住要走的蔣予，打算把這幾天的飯錢給他。

蔣予猶豫了下，還是接了過去，「學姐，其實——」

「我知道。」雲泥笑著打斷，又說：「你幫我謝謝他吧，不過以後真的不用幫我送飯了。」

蔣予看著她嘆了聲氣：「好吧，我回去跟他說。」

雲泥：「這幾天也辛苦你了。」

「我沒事，就順路的事情。」蔣予說完又嘆了聲氣：「那我先回去了啊，不打擾妳吃飯了。」

「好。」

雲泥回教室慢吞吞吃完那頓飯，起身丟垃圾時，心裡鋪滿了難過。

就好像小時候搬家時，因為貨車裝不下而不得不丟掉那個她最喜歡的小熊娃娃。

儘管很捨不得，但又沒有辦法。

正午的陽光帶了幾分灼熱，雲泥從半夢半醒間醒來，出去洗了把臉，回來坐在那裡看書。

但莫名其妙地，總是有移動的光影照在她的課本上，和著外面的陽光，格外的晃眼。

雲泥抬起頭的瞬間，那個光點卻突然從眼前一閃而過。

她下意識閉上眼睛往旁邊偏頭。

教室另一邊的女生大約是意識到了什麼，忙不迭地收起手錶，起身走了過來：「啊對不起對不起，剛剛是不是閃到妳了？」

女生叫周曉言，是班上的文藝課小老師，長相甜美性格活潑開朗，在班裡人緣很好。

雲泥平常和她接觸不多，這時也沒計較什麼，搖搖頭說：「沒事。」

她手裡還拿著剛剛用來玩反射光的手錶，看起來不像是什麼便宜的東西，錶帶和錶盤都很精緻。

雲泥沒怎麼在意，等她走後，又繼續看書。

三模最後一場英語考試結束已經是傍晚，雲泥跟著人流下了樓，回到教室劉毅海又開了幾分鐘班會。

劉毅海：「學校今天下午開會，這個月底安排大家拍畢業照，你們是想重新訂一套班服，還是就穿著校服拍？」

好像學生時代大家都覺得校服很醜，雖然穿了三年已經看順眼了，但拍畢業照這麼重要的時刻，大家還是想著買別的衣服。

嘰嘰喳喳討論了一下。

劉毅海敲定主意：「那買什麼樣子你們自己選，到時候班長和周曉言你們兩個負責統計一下男女生的尺寸，錢從班費裡面出。」

班長和周曉言分別應了聲好。

劉毅海沒多留，他一走，教室那些等著去學生餐廳吃飯的人立刻衝了出去，班長叫都叫不住。

周曉言看見雲泥坐在位上沒動，問了句：「妳不去吃飯呀？」

雲泥：「我晚一點再過去。」

「那好吧，我們先走啦。」

「嗯。」

雲泥是最後一個離開教室的。

她沒什麼胃口，本來打算等放學回去再吃，但雲連飛傳了訊息說晚上要加班，不知道什麼時候才能回去。

雲連飛三月中旬回到盧城，依舊做老本行，在附近的工地上做電工，朝六晚七，偶爾也會通宵趕個工。

平時不加班時，他會幫雲泥留一些飯菜晚上回來墊一口，不過今天看來是不行了。

雲泥去學生餐廳時已經沒多少人了，她要了份素米線，坐下來吃東西時聽見隔壁兩個女生在討論李清潭那個論壇。

「又有人更新照片了？他不是都快半個月沒來學校了嗎？」女生的語氣很激動：「快讓我看看！」

「好像是有人在奧運體育中心看到他了，就一個背影，也不知道是不是本人，不過這張看起來瘦了好多哦。」

女生熱烈的討論著，雲泥有些索然無味，潦草吃了幾口便停了筷子，起身走出學生餐廳。傍晚夕陽漸沉，暮色籠罩大地，初夏的晚霞燦爛而瑰麗，讓整座校園都沐浴在昏黃的光影裡。

她走下臺階，想起女生提到的那句「瘦了好多」，還是忍不住打開了論壇。最新的一篇文章是半個小時前發的。

『救命！我今天來體育中心游泳忘了戴眼鏡，看到一個男生好像李清潭啊！！拍了個背影，有眼熟的嗎？！』

底下留言一堆，有人說是有人說不是。

雲泥點開主樓那張照片，男生穿著黑色T恤，底下是同色的泳褲，腿又細又直，卻不顯得羸弱，背影挺拔而清瘦。

她靜靜看了下。

幾秒後。

文章冒出一條新回覆。

qweasdzxc：『不是他。』

晚上空氣有些悶，雲泥回教室之前先去了趟廁所洗臉，水冰冰涼涼的，澆在臉上很舒服。

她站在樓梯口吹了一下風，等臉上的水乾得差不多才回教室，剛走到門口，碰見今天在同個考場的陳毓文從後門衝了出來。

兩個人差點撞上。

雲泥看到對方臉上的怒氣，愣了下：「你……」

陳毓文沉著臉：「妳回來的正好，周曉言的手錶不見了，孫念念說妳是最後一個離開教室的，她們吵著要搜妳的書包，妳快點進去吧。」

雲泥從他的三言兩語裡明白了事情的大概，走在陳毓文前面進了教室。

裡面的人大概是剛剛經過一番激烈的爭吵，每個人的臉色都不太好看，周曉言眼睛紅紅的，站在人群的中央。

班長秦實站在雲泥的桌旁，手裡抓著她的書包，和圍成一圈的人形成很明顯的對比。

周曉言看見她，走過來說：「雲泥對不起，我不是針對妳非要搜妳的書包，只是孫念念說妳是最後一個離開教室的，我先入為主了，等一下其他人的書包我也會檢查的。」

雲泥沒有想那麼多，她確實是最後一個離開教室的，淡聲說：「可以，妳檢查吧。」

周曉言看了眼秦實，語氣一下子就變了，帶著點顯而易見的委屈：「這下你能把書包給我了吧？」

秦實沒接話，把書包放在桌上。

教室裡很安靜，周曉言拉拉鍊的聲響特別清晰，雲泥站在一旁，目光無意間落到對面。

站在人群裡的孫念念觸碰到她的視線，像是受到了什麼驚嚇，立刻低頭避開了她的目光。

那一瞬間，雲泥心裡忽地湧起一陣不安，收回視線看著周曉言將她書包裡的東西一樣樣拿出來。

鑰匙、耳機、計算紙、試卷。

最後拿出來的是放在書包最角落的一個夾層裡、那個中午她才見過的——據說是周曉言的父親從瑞士帶回來給她的名錶。

雲泥看見周曉言難以置信卻又在意料之中的神情，看見陳毓文和秦實驚訝的目光、四周同學鄙夷的視線。

以及孫念念眼中一閃而過的愧疚和不忍。

周曉言顯然還沒組織好言語：「妳……」

「不是我拿的。」雲泥壓著心頭的緊張，一字一句重複道：「手錶，不是我拿的。」

有人替周曉言打抱不平：「妳說不是就不是嗎？難道手錶不是從妳包裡找出來的？」

「對啊，我們這麼多人都看著的。」

「妳是最後一個離開教室的，況且孫念念也說看到妳動了周曉言的書包。」

「妳肯定是偷了錶又來不及銷贓，現在東窗事發又故意裝作什麼都不知道，讓曉言搜妳的包。」

「妳怎麼這樣啊。」

「曉言中午不小心拿錶晃了妳的眼睛，妳就記恨她了，還假裝什麼都不在意，肯定是早就想好了要偷她的錶。」

看著她們不分青紅皂白，左一句右一句的汙衊，雲泥切切實實體會到了惡語傷人六月寒這句話的含義。

她手扶到桌沿，眼尾有些發紅。

秦實正聲打斷眾人的議論：「好了！都不要吵了！陳毓文，你去找劉老師過來，等他來了我們再說怎麼解決。」

「不用找了。」雲泥深吸了口氣：「手錶是從我書包裡找出來的，我難辭其咎也解釋不清楚，但我確實沒有拿過周曉言的手錶，它是怎麼出現在我包裡的，我也不知道。至於孫念說看見我動了周曉言的書包，那也是她的一面之詞而已。你們想要個結果，我也想證明自己的清白，不如就直接報警吧，讓警察來處理這件事。」

在場的人都愣了下。

雲泥沒有在意他們的反應，從口袋裡掏出手機，直接按出熟悉的數字，當著所有人的面報了警。

有人嘀咕了句：「這不是賊喊抓賊嗎。」

雲泥諷笑了聲：「賊？妳有什麼證據能證明手錶是我偷的？僅僅只是因為從我包裡找出來的？還是憑著那一句不知真假的言語？那我有一天放一樣東西在妳的包裡，然後再隨便找個人說妳動過我的書包，是不是也可以說妳偷了我的東西？」

女生被她反駁的接不上話：「我——」

雲泥不再多說，沉默著將散在桌上的東西一樣樣裝進書包裡，陳毓文和秦實站在一旁。周曉言拿著手錶也沒走。

沒多久，劉毅海聽到消息從樓上下來，看著自習課的鐘已經響了卻還圍在一起的眾人，厲聲道：「都站在那幹嘛？鐘響了沒聽見嗎？啊？高三了，你們還想搞什麼，不想念書的都給我滾出去！」

他看眾人如被亂石擊中的鳥群各自散開回到原位，才看向教室後排那四個沒動的人：「你們四個，跟我來一趟辦公室。」

等到秦實在辦公室裡把整個事情的過程說完，劉毅海桌上的電話也跟著響了起來。是學校門口的警衛室。

劉毅海聽完，沉聲道：「稍等，我下樓來接。」

他掛了電話，對秦實說：「班長去把孫念念叫過來，另外告訴同學們，今天的事誰都不准往外說。」

「好，知道了。」

劉毅海和來的警察商量了下，為了不造成大範圍的影響，就沒讓警車開進學校。三個人步行回了劉毅海的辦公室。

秦實和陳毓文跟這件事沒直接關係，劉毅海讓他們先回去了，只留下三個女生。

三個人被分開錄了口供。

孫念念過度緊張和口供前後不一的表現引起了警察的注意，但他們也沒當面指出來。

因為考慮到都還是高三學生，警察錄完口供，又叫了幾個班上的同學問了些情況，和劉毅海溝通了下就回去了。

但事情遠沒有想像中這麼簡單。

當天深夜，三中的校論壇有人發了一篇新文章，內容就是關於白天在高三二班發生的偷竊案。

文章立場偏頗，直言雲泥就是那個小偷，將她的家庭背景和個人資料都貼了出來。

一夜之間，風言風語傳遍整個學校，雲泥成了三中的「紅人」，走到哪裡都有人指指點點。

有人說，雲泥啊，我知道，長得挺好看的，但性格不怎麼好，高一同學過一年，都沒怎麼說過話。

有人說，不會沒人知道吧？她高一就幹過這種事，只是因為成績好被班導師保了下來。

也有人說，她家很窮的，應該是見錢眼開吧？

人云亦云，眾說紛紜。

真相是什麼，沒有人在意，他們只相信擺到眼前的事實，卻從來不願多出一秒鐘的時間去深究背後的真實性。

跟風、嘲諷、謾罵，無一例外。

雲泥以為自己的內心足夠強大，卻仍舊抵不住流言蜚語這把無形的刀刃，只能節節退讓。

三模考試成績出來的當晚，她和劉毅海商量了一下，暫時回家複習，等到事情真相查明之後，再回來上課。

事已至此，這是最好的解決辦法。

雲泥回到教室，陳毓文把剛剛發下來的理綜卷子拿給她，「物理最後一道填空題，妳是對的。」

「是嗎。」她勉強笑了下，從抽屜拿出書包，把桌上的書和卷子都胡亂塞進去。

陳毓文愣了下：「妳不上課了？」

「嗯，這幾天我回家複習。」

這兩天發生的事情遠超所有人的預期，陳毓文在那篇文章被刪掉之前點進去看過一次。

裡面都是些很難聽的話。

他不知道雲泥私下裡有沒有點進去過，但不管點還是沒點，傷害都已經造成了。

他嘆了聲氣，「那到時候學校有什麼事情，我會通知妳的。」

「謝謝啊。」

「不客氣，妳收拾吧。」

雲泥沒多少東西，剛好裝滿一個書包。

她走的時候是從後門出去的，但這幾天她是大家議論的中心，無論做什麼說什麼或者有什麼樣的反應，都會成為八卦的談資。

這時候，教室安安靜靜的，所有人的目光都有意無意地追隨著她的身影。

雲泥沒有在意這些，徑直走出教室，下樓時碰見孫念念，對方看見她肩上的書包，神情愣了下，但也什麼都沒說。

擦肩而過的瞬間，雲泥突然開口道：「妳那天真的有看見我動了周曉言的書包嗎？」

「我……」

雲泥站在她下一個臺階上，轉頭看著她：「是妳吧？」

孫念念明顯地慌了起來：「什、什麼？」

雲泥的眼神如利劍，一寸不落地朝她扎過去：「是妳拿了周曉言的手錶，也是妳把手錶放進我書包裡的，對嗎？」

「不是、不是我。」

「同學兩年，我和妳說過的話加起來不超過十句，我不知道什麼時候得罪了妳，讓妳這樣費盡心思來汙衊我。」雲泥突然自嘲似地笑了下：「看到我現在被人罵被人唾棄，還不得不離開學校的結局，妳滿意了嗎？」

「沒有……」孫念念的眼睛紅了起來，想說什麼，又不知道怎麼開口。

雲泥收回視線，樓梯間裡的感應燈滅了，她看著地上的影子，聲音冷而淡：「孫念念，妳好自為之吧。」

雲泥在學校發生的事情，並沒有告訴雲連飛，回來複習這件事她是撒謊，說在學校有壓力，不想待在那裡。

她一向懂事有主見，雲連飛也沒怎麼懷疑，還叮囑她不要有太多心理負擔，不管考得怎麼樣，他都有能力供養她。

雲泥這些天受到太多的攻擊和辱罵，一霎被柔軟的暖意包圍，心裡一酸，差點掉了眼淚。她低頭裝作寫試卷，不讓雲連飛看見自己溼紅的眼睛，「嗯，我知道。」

「那我不打擾妳了，雞湯放在鍋裡，妳想喝的時候自己熱一下，我先去睡了啊。」

「好。」

次日一早，雲泥又接到劉毅海的電話，說孫念念也請假回家了。

劉毅海說：『她的性格比一般人都要內斂許多，心思也重，應該是看妳離開學校，心裡過不去。她的情況我和她父母溝通過，妳也不要太擔心，這幾天就好好在家裡複習，相信過不了多久，事情就能真相大白了。』

雲泥「嗯」了聲：「我知道，謝謝劉老師。」

結束通話，窗外的太陽高掛，亮堂堂的光曬進屋裡，雲泥放下手機，長長的舒了口氣。

她以為孫念念的退讓會是事情有所好轉的跡象，可誰也沒想到那也是吹響悲劇的號角聲。

勞動節假期還沒放，李清潭就回了北京，在老爺子那裡睡了兩天，也聽他念叨了兩天。一下說他成天不學好就知道蹺課，要是被李鐘遠知道說不定又要訓斥他，一下又說他不知道好好照顧自己，瘦得跟猴似的，罵完再讓阿姨來問他中午想吃點什麼。

話不好聽，但李清潭聽著心裡卻很舒坦。

中午吃過飯，他回房間拿到手機，看見蔣予傳來的訊息。

『學姐今天把這幾天的飯錢給我了，我先申明，我不想要的，但學姐很堅持，還說以後不要再幫她送飯了。』

李清潭坐在那發了下呆，直到蔣予等不及打來了電話，才回過神，向右滑了下螢幕。

『你沒看到我傳給你的訊息？』

「看見了。」李清潭又補了句：「剛看見。」

蔣予「哦」了聲，問：『那我明天還送嗎？』

李清潭搖了搖頭，又想起他看不見，微不可察地嘆了聲氣：「不用了，這幾天辛苦了。」

『說什麼廢話呢。』蔣予故意岔開話題：『你什麼時候回來啊？我放假去找你玩怎麼樣？來看看我們大首都的美好風光。』

「好啊。」

『那說好了，住宿伙食你包，還要帶我去看天安門的升旗儀式，長城也要爬。』

「你小學生春遊嗎？」

『滾，那就這麼說定了啊，我訂一早的機票，我到時候把航班資訊傳給你，你找人來機場接我。』

「好。」

掛了電話，李清潭隨手將手機丟在一旁，在屋裡一直坐到天黑，阿姨上來喊他吃飯時，看見他眼睛紅紅的。

後來放假，蔣予來北京只待了一天，看完升旗儀式，就把李清潭拐去了他們西藏自駕遊的隊伍裡。

進西藏的路不算順利，一行人中途經歷車子爆胎拋錨，等完全抵達目的地已經是假期的最後一天。

他們在西藏停留了十多天，藏區有些地方訊號不太好，輾轉回途的路上，李清潭和蔣予才知道學校發生的事情。

孫念念一個月前被校外幾個男生勒索，還被威脅不允許告訴老師和家長，不然等著她的就不會是什麼好下場。

孫家父母都是普通工薪階層人員，和世間大多父母一樣有著望女成鳳的期盼，平時對孫念念管教十分嚴格，見不得她沾上那些亂七八糟的事情。

這也是為什麼孫念念不敢把被勒索的事情告訴父母，如果說了，他們必然會說蒼蠅不叮無縫的蛋，好像做錯事情的是她。

但孫念念不知道，那些人不僅僅只是為了勒索才找上她，被斷斷續續要了幾次錢後，他們給了她一部最新款的手機，讓她趁著沒人時放到班上一位女同學的書包裡。

她不敢做這樣的事情，但隨著一次又一次的威脅，又不得不妥協。

拿周曉言的手錶是因為孫念念買不起那麼貴的手機，她怕事情發生之後，學校找到自己的父母，到時候沒有辦法解釋。

可孫念念沒想到雲泥會主動報警，也沒想到這件事情帶來的影響會那麼大，她害怕又愧疚。

看著文章那些對雲泥的嘲諷和謾罵，她不敢想像如果有一天事情東窗事發，學校的老師和同學會怎麼看她，父母又會怎麼看她。

輿論的壓力她不知道，可她心裡承受的那些也沒有人知道。

雲泥離開學校這件事就好比是壓死駱駝的最後一根稻草，也將她拉入萬劫不復的深淵裡。

她在選擇放棄自己之前，傳了一則道歉的訊息給雲泥，留下一封訣別書給父母。

事情的真相也隨之公之於眾。

事發的那天早上，雲泥起床時看到手機裡有一則陌生號碼傳來的訊息，內容不長，只有三個字。

『對不起。』

雲泥隱約意識到不對勁，打電話給劉毅海，不是在通話就是無人接聽，只好匆匆趕去學校，卻不想在劉毅海的辦公室撞見了情緒失控的孫母，被她打了一巴掌。

那是她最混亂的一天。

眾人在同情孫念念的同時，又將本該也是受害者的她推入了「我不殺伯仁，伯仁卻因我而死」的風暴裡。

沒有人去追究真正做錯事的是誰，他們站在道德的制高點，將輿論的矛頭全指向她。

她還未從上一個風暴裡走出，又陷入更深的漩渦中。

雲泥渾渾噩噩走回教室，孫念念的座位已經空出來了，桌上堆著她沒來得及帶走的書和試卷。

班上所有人都看著她，他們的目光讓她窒息，她幾乎是逃一般地從教室裡跑了出去。

耳邊是呼嘯而過的風聲。

她停在人來人往的街頭，彎下腰，手扶在膝蓋上，大口大口地呼吸著，卻仍舊甩不掉那股強烈的窒息感。

鹹澀的汗水順著額角滴落在地上，可又有誰能分得清，那其中會不會也藏著淚水。

她明明什麼都沒做，卻在無意中毀了別人的人生，而她的人生，在這一時刻好像也爛透了。

李清潭和蔣予中途在成都下車，搭最後一趟直飛廬城的航班趕了回來，落地已經是晚上八點多。

從機場到學校，車程接近一個半小時，李清潭一路上都在打電話和傳訊息給雲泥，可都沒有得到任何回覆。

車子在學校門口停下時，最後一節晚自習已經結束，李清潭逆著人流跑到高三二班的教室。

班上的人還沒走完。

他沒看到雲泥的身影，拉住一個男生問了下，對方說她這幾天都沒有來學校。

李清潭道了聲謝，又轉身下樓，結完車錢的蔣予匆匆跑了過來：「怎麼，學姐走了嗎？」

「她這幾天都沒來學校。」李清潭也是關心則亂，發生了這麼大的事情，她怎麼可能還待在學校。

兩個人又坐計程車去了雲泥家，等到了地方，李清潭和蔣予站在公寓大樓前的樹蔭下。

夏夜喧鬧，蟬鳴盤旋。

李清潭抬頭往樓上看，三樓那一層沒有一點亮光。

蔣予奔波了一天，有些站不住，隨意坐在旁邊的臺階上，「這個時間，學姐會不會已經睡了？」

李清潭搖頭，回頭看他一臉疲憊，「你先回去吧，要是有什麼情況我再通知你。」

「啊，那你呢？」

「我等等看能不能聯絡上學姐。」

蔣予也確實睏了，知道他們如果能見上面肯定有很多話要說，陪他等到十二點就走了：「那你如果有事就打電話給我。」

「好，注意安全。」

「知道了。」

李清潭在樓下站了一下，抽完菸盒裡的最後一根菸，才決定上樓。

距離他上一次來這裡，已經過了幾個月，雲家門口多出一個墊子，上面寫著出入平安。

李清潭沒有踩上去，在門口站了一下，坐到一旁的樓梯上，月色從窗戶落進來，灑了一地的光輝。

夜裡有點涼，他怕吵到人休息，下樓去外面跑了兩圈，直到快天亮才回來，那時睏意上湧，他靠著欄杆一不小心就睡著了。

雲泥昨天從學校回來，半邊臉都是腫的，孫母用了狠勁，但她無法也沒有立場去怪罪一個愛女心切的母親。

唯一慶幸的是雲連飛這兩天都在工地趕夜活，吃住都在那邊，要到這個週末才能結束，她不用想辦法去解釋臉上的痕跡。

她昨天很晚才從外面回來，腦袋因為這幾天的事情亂成一團，一直失眠到後半夜，好不容易睡著卻又夢見孫念念的哭泣聲、夢到很多人拿著刀朝她刺來。

光怪陸離的碎片式畫面，讓她這一覺睡得並不安穩。

第二天天剛亮，雲泥便從夢中醒來，品質很差的睡眠讓她整個人都沒什麼精氣神。

她像往常一樣起床刷牙洗臉，走到書桌旁拿起書包，換好鞋準備出門時，卻突然反應過來。

像是一瞬間的事情，她忽地從內心深處湧上來一陣無法言說的疲憊。

她將鑰匙放回鞋櫃上，把書包放回臥室，走到客廳站在那裡，突然有些無所適從的茫然。

不知道該做什麼，也不知道接下來該怎麼辦。

雲泥順著沙發靠背坐到地上，腦袋抵著膝蓋，隨著陽光慢慢曬進屋裡，社區裡逐漸熱鬧起來。

她猛然間想起什麼，回屋找到手機，才發現已經關機了。

雲泥把手機充電，開機之後都沒等那些未接電話和未讀訊息跳出來，找到劉毅海的號碼點了進去。

簡短的一通電話結束。

她在地上坐了一下，才爬起來去廁所洗了把臉，拿著手機和鑰匙出門，一走出去，整個人卻又突然愣在原地。

對面的樓梯間處，鄰居曬了幾雙鞋在那裡，晃眼的陽光從窗戶照進來。

李清潭坐在臺階上，背朝著光，腿支著，手臂搭在膝蓋上，臉上的疲憊很明顯。

他比上一次見面還黑了一點，神情有被她突然開門嚇到的慌張，也有可能是看她狀態並不怎麼好的擔心。

雲泥心裡為他高高築起的牆，因他風塵僕僕的模樣而悄無聲息地裂開一道細縫。

她愣了幾秒，開口時才發現自己喉嚨又乾又澀：「你怎麼來了？」

「擔心妳。」他的嗓音不比她清晰多少。

雲泥沒有接話，走出來將門帶上，像是什麼事情都沒發生，很平靜的問他：「你吃早餐了嗎？」

李清潭搖頭。

「我也沒吃，一起嗎？」

他靜靜看了她一下，點頭說：「好。」

走出去的那段路，兩個人都比以往要沉默許多，雲泥帶著李清潭隨便進了路邊一家早餐店。

李清潭一夜都沒怎麼睡，昨天又一直在路上，現在其實沒什麼胃口，隨便應付了兩口。

他停下筷子看著坐在對面的人，從第一眼見到，他就知道她的狀態其實很不好。

無論是布滿紅血絲的眼睛，還是過於反常到讓人不安的平靜，每一個能看得見的存在都在透露著她的身體裡正在急速流失著什麼。

雲泥知道李清潭在擔心什麼，但她真的沒什麼力氣再去說什麼「我沒事、我很好、你不用擔心」這樣的假話。

她安靜地吃完一碗餛飩，儘管胃裡正在翻滾。

從店裡出來，雲泥站在車來車往的馬路邊，抬頭看著李清潭：「我等一下還有事，你先回去吧。」

「妳要出門？」

「嗯，要去個地方。」

「去哪裡？」

「醫院。」

「那我和妳一起。」

「不用。」雲泥看著他：「你回去吧，你看起來好像很久沒睡覺了。」

李清潭沒有說話，人也沒走，等公車進站，跟在她身後一起上了車，忘了投幣，被司機叫住。

他身上沒有帶零錢，只好喊了聲：「學姐。」

雲泥又走過來替他投幣。

兩個人走在後面的雙人位坐下，車子一直往前開，開出老城區，進入繁華的市道，塞了十幾分鐘。

李清潭問道：「妳去醫院做什麼？」

「看望同學。」孫念念發現及時，送到醫院後搶救過來了，但因為傷勢過重，右手留下了很嚴重的後遺症。

雲泥下車後在醫院對面水果攤買了個果籃，這次她堅持沒讓李清潭再跟著，自己進了住院大樓。

但李清潭不放心，還是偷偷跟了過去。

孫念念住在四樓，今天早上剛醒，但雲泥沒能見到她，擋在病房門口的孫母雖然沒有昨天那麼激動，但對她仍舊存有芥蒂。

她將雲泥帶來的果盤直接扔在地上：「妳以後不用再來了，我們念念沒有妳這種同學，也不需要認識妳這樣的同學。」

說完，她轉身將病房的門一關。

雲泥站在原地，腳邊是散亂的各種水果，路過的病人投來探尋的目光。

她深吸了口氣，蹲在地上一個一個撿起來。

李清潭撿起滾到很遠的一顆柳丁，走到她面前，將柳丁放進果籃裡，輕聲道：「我們回去吧。」

雲泥「嗯」了一聲，起身站起來往電梯口走。

李清潭拎起果籃，跟在她身後。

等到走出住院大樓，沿途路過一段沒什麼人的小道，她突然停了下來，他也跟著停了下來。

幾秒後。

李清潭慢慢走過去，站在她面前，看見一滴淚從她眼裡掉出來。

他伸手將人攬進懷裡，讓她靠著自己的肩膀，薄薄的布料很快被滾燙的淚水打溼。

她受盡了委屈和冷眼，像是終於忍不住，低聲嗚咽著，「是我的錯嗎……」

懷裡的人在輕輕發抖，哭泣的聲音化作綿綿利劍，無聲無息地扎在李清潭心裡最柔軟的那一角。

他眼眶酸痛，抬手按著她的腦袋，一遍遍重複，「不是。」

不是妳的錯。

妳從來沒有做錯過什麼，錯的是這個讓愚昧成為主流的世界，是那些先入為主不聽旁言的人。

從醫院出來，李清潭送雲泥回家的路上，又突發奇想地讓司機轉了個方向，直奔火車站，買了兩張前往銅城的火車票。

那一年，從廬城到銅城只有K字開頭的一班列車，中午十二點十九分發車。

雲泥沒有帶身分證，在火車站臨時開具了一張身分證明，趕在發車前十分鐘上了車。

比起車廂裡那些大包小包的歸鄉人，他們這趟臨時起意的出行顯然要輕鬆許多。

現在正好是吃飯時間，車廂裡滿是食物的味道，李清潭找到座位讓雲泥坐到裡面的位子，側身躲著一旁提著行李的人，「我去買點東西。」

雲泥靠著窗說：「好。」

從廬城到銅城這一趟火車要坐快四個小時，他們早上那一頓都沒怎麼吃，李清潭走到中間那一節車廂，買了兩盒便當，又拿了兩瓶水。

回來時，列車剛好發車，車廂起初晃得並不是很厲害，隨著開出站越來越晃。

李清潭把便當放在兩排座位中間的小桌子上，開了一瓶水遞過去說：「喝點水。」

雲泥接過去喝了一口，窗外的光影飛快地閃爍著。

之前短暫地情緒失控讓她的眼睛紅紅的，李清潭看著她喝完水，把便當推過去：「吃點東西吧，離下車還有一段時間。」

她沒什麼食欲，打開吃了兩口，混著車廂裡並不好聞的氣味，徹底吃不下去了。

李清潭問：「吃不下？」

雲泥「嗯」了聲：「不是特別餓。」

他沒再說什麼，拿過她沒吃幾口的便當，動作自然地接著吃起來。

雲泥愣了下，李清潭好似還沒意識到什麼，轉過頭問：「怎麼了？」

「沒事。」她收回視線看向窗外，臉被照進來的陽光曬得發燙。

坐在他們對面的是一位頭髮花白的老人，帶著一個小孩，從上車起就沒動過，李清潭吃飯時，小男孩就盯著他便當裡的雞腿看。

他放下手裡那份便當，把多出來的那份推到了小男孩的面前，很輕的笑了下：「送給你。」

小男孩咬著手指沒敢要，抬頭看著一旁的老人，「爺爺。」

男孩爺爺先是驚訝，而後又要把便當錢給李清潭。

他沒要，重新端起便當：「不用，正好是買多了，給孩子吃吧，不然也是浪費了。」

「這，太謝謝了。」男孩爺爺將手裡那幾張已經看不出原本顏色的錢收了回去，又從一旁的尼龍袋裡翻出兩個橘子遞給他們，「自家種的，你們嘗嘗。」

李清潭放下便當，伸手接了過來，「謝謝爺爺。」

男孩爺爺擺手說不用客氣。

他快速扒完最後兩口飯，起身去丟垃圾時順便洗了手，回來坐下時，他拿起桌上的橘子，剝開遞到雲泥面前：「吃嗎？」

雲泥扯了一瓣放進嘴裡，腮幫子動了兩下又停住，而後表情沒什麼變化的嚥下去。

「甜嗎？」李清潭沒找到紙巾，隨便在衣擺擦了下手上的水，也扯了一瓣下來。

「甜。」雲泥看著他，「特別甜。」

他沒怎麼懷疑，低頭將橘瓣上的白絲弄乾淨，抬手丟進嘴裡剛咬開，整個人倏地一僵。

雲泥坐在一旁問：「甜嗎？」

李清潭酸的牙根都有些泛軟，但還是面不改色地點頭說：「確實很甜。」

男孩爺爺聽到他們的對話，笑著應和了句：「都是自己種的橘子，沒打過農藥，剛烘出來，肯定甜。」

說完，他又從袋子裡拿出好五六個橘子放在桌上：「來，這些給你們帶著路上吃。」

「……」

李清潭不好意思拒絕老人家的好意，手裡拿著那個剝開的橘子，扯了一半放到雲泥手裡，「多吃幾個。」

「……」雲泥過了好半天，才有些僵硬地說：「謝謝。」

他笑了聲，低頭扯著橘瓣上的白絲，骨節分明的手指在陽光下顯得很白，手背上有很清晰的青筋脈絡。

雲泥看了一下，收回視線時又吃了一瓣橘子，仔細嚼了兩下，嚥下去時突然覺得好像沒那麼酸了。

列車在抵達銅城東站時已經下午三點多，在這一站下車的人很多，車廂裡都是起身拿行李的人。

李清潭和雲泥坐在位子上沒有動，等到人下得差不多了才走。

坐在他們對面的爺孫倆也在這一站下車，李清潭幫老人家拎著不輕的尼龍袋，另隻手抓著雲泥的手臂，等到出站才鬆開。

在出站口和爺孫倆分開，雲泥問：「我們現在去哪裡？」

「一個能看見長江的地方。」李清潭揉著被勒紅的掌心，「走吧，先過去坐公車。」

這趟公車不直達目的地，中途兩個人又下來換乘另一趟公車，等到地方已經過了五點半。

街市上人來人往，很熱鬧。

這是個和廬城截然不同的城市，雖然在同一個省，但也有很明顯的地域差別。

雲泥跟在李清潭身後從公車上下來，站在路邊時，隱約能聽見從遠處江面上傳來的汽笛聲。

「走吧。」李清潭走下臺階，一邊扶著她肩膀，一邊看路面上來往的車輛。

他們在馬路上走了幾分鐘，又繞進一旁的小道，一直走到可以直接觸碰到江水的岸邊。

那時候天色將沉，夕陽半垂在西邊，雲朵被染上瑰麗的色彩，金色的餘暉籠罩著波濤氾濫的江水。

岸灘上有許多破舊的船隻輪廓，在風吹日曬裡已經掉漆生鏽，附近是高叢的蘆葦，有垂釣的老人坐在那裡。

李清潭在一旁的空地處找到一艘還算乾淨的廢船，撐著船面一躍坐了上去，又向雲泥伸出手，「上來，我拉妳。」

她沒有猶豫，掌心交握的瞬間，察覺到他的力道，順著也爬了上去。

兩個人並肩坐在那裡，看著夕陽餘暉，輪船來往。

這是雲泥這幾天來少有的安靜時刻，她不用去想那些亂七八糟的事情，也不用去管那些難聽的言語，更不用去面對無知旁觀者的指責。

就好像所有的一切，在這一刻、在這一方美景面前，都是可以被原諒和抹平的存在。

夕陽快要沉進江水裡了，餘光微弱，坐在石頭上垂釣的老人也收竿滿載而歸。

雲泥摸著船面上凸起的地方，問道：「這是什麼地方？」

「老洲村。」李清潭撿起一旁的石子往遠處的江水裡丟：「今天太晚了，不然還可以坐渡輪去對面的太陽島。」

「我還沒有坐過渡輪。」雲泥看著寬闊的江面，試圖想像出江對岸太陽島的樣子。

他笑了下，轉頭看著她：「以後還會有機會再過來的。」

雲泥扭頭對上他的視線，一秒兩秒，唇瓣動了動，想說什麼又停住。

江上開始起風了。

李清潭從船面上跳下去，問她：「要不要走走？」

雲泥點點頭說好。

他伸手過來扶她，她藉著他的力量往下跳，腳踩到柔軟的泥土，一抬頭和他四目相對。

那是很近的距離，近到藏在胸膛之下的兩顆心也好像被勾著，快要觸碰到一起。

兩個人都沒有說話，李清潭握了握她的手，有點涼，脫了外套披在她肩上，「走吧。」

他穿著一件短袖，走在靠近江水的那一側。

雲泥手抓著外套，不讓它往下滑。走了一下，她隨口問了句：「你怎麼會知道這個地方的？」

李清潭踩著石子，「我外婆家就住在我們剛剛來的那個街上，我小時候來這住過幾個夏天。」

「這裡風景挺好看的。」

「夏天會更好看。」李清潭指了下旁邊的蘆葦叢：「夏天天黑的時候，那裡會飛出來很多螢火蟲，一閃一閃的，就像是天上的星星一樣。」

雲泥也見過螢火蟲，但都是在電視裡，她聽著李清潭的描述，腦海裡想像出那個畫面，小聲感嘆了一句：「那一定很漂亮。」

「確實很漂亮。」他低頭看了她一下，欲言又止：「今年夏天⋯⋯」

雲泥被他的停頓引起注意，抬頭對上他的目光，「什麼？」

「今年夏天，我們再來看一次日落吧。」李清潭說出這個突兀的約定後，像是覺得不太合適，但又無法撤回，只能再添一句假設性的話：「如果妳有時間的話。」

沉默的那幾秒，雲泥想起之前不知在哪本書上看過的一句話。

——約定是一件很美好的事情，它只能留給重要的人和值得的事。

她不知道李清潭有沒有聽過這句話，她只知道自己沒有辦法拒絕這個聽起來就很美好的約定。

「好啊。」她笑著說。

看見她露出一天下來難得輕鬆的笑容，李清潭也跟著笑了下：「那就這麼說定了，等妳升學考結束，我們挑個時間再來一次。」

提到升學考，雲泥難免想起躺在病床上的孫念念，臉上的笑容明顯淡了幾分。

李清潭沒有錯過她那一秒的變化，但沒有多問，等快要走出岸灘，看見路邊有賣小吃的攤子。

他回頭問雲泥：「妳有沒有錢？」

雲泥從口袋翻出一張五十的遞給他：「你要買東西？」

「妳不餓嗎？」李清潭輕挑了下眉尖，「妳一整天都沒怎麼吃東西。」

「……我還好。」

李清潭帶她走到一家攤子前，「銅城的鐵板年糕是我吃過最好吃的年糕，今天帶妳吃吃看。」

他要了兩份。

年糕的切得很薄，出鍋後撒上醬料和芝麻，外脆裡嫩，雲泥吃了兩塊，笑說：「是挺好吃的。」

「那妳多吃點。」李清潭把自己盒子裡的年糕夾了三分之一放進她的盒子裡。

他們坐在離江岸不遠的地方，江水翻湧拍打岸邊的動靜還很清晰，河面上貨輪鳴著長笛緩慢行駛著。

吃得差不多了，李清潭放下手裡的竹籤，把剛剛找回的零錢還給她：「謝謝學姐請客。」

雲泥啞然失笑，伸手接了過來。

他拿紙巾擦著手，「作為回饋，我跟妳講個故事吧。」

雲泥不知道他怎麼突然有興致講故事，但此刻良辰美景正好，她並沒有拒絕。

李清潭安靜了下才說道：「從前有一個小男孩……」

千篇一律又十分熟悉的故事開頭，讓雲泥下意識以為那個小男孩就是李清潭本人。

她扭頭看著他，江面上吹來的風將他的頭髮吹得凌亂。

那個男孩在六歲之前一直和媽媽生活在一起，而他的爸爸就像個拯救世界的大英雄，只有很少的時間能陪在他身邊，沒空陪他玩、陪他吃飯、看動畫，每次見面都是匆匆忙忙的。

他上了幼稚園，學校安排親子活動，別人都是一家三口其樂融融，而他卻因為爸爸不能出席而無法參加這樣的活動。

他和小夥伴打架，對方可以被爸爸抱在懷裡，和媽媽撒嬌，而他只能站在媽媽身旁，看著她鞠躬道歉的身影。

小男孩不只一次問過媽媽，為什麼我們不能和爸爸住在一起生活，可每一次媽媽都只會說對不起，等你長大了你就知道了。

可還沒等到小男孩長大，媽媽卻在外出買蛋糕給他的路上出車禍意外離世，他成了沒人要的小孩。偏偏在這時候，不能一起生活的爸爸出現了，將他接去了一個新的城市，他重新擁有了一個不僅有爸爸媽媽，甚至還有哥哥姐姐的家庭。

但在那個家庭，沒有人喜歡小男孩。

小男孩也不喜歡那個地方，他想自己的媽媽，想念和媽媽一起生活的日子。可也是因為他，媽媽才會出車禍，爸爸才沒有辦法將他接回自己的家庭，假的媽媽也因為他的出現才會一直生病。

「……他的人生就像哥哥所說的那樣，從一開始就是錯誤的。」李清潭回頭看著雲泥：

「可是這一切真的都是他的錯嗎？他們給過他選擇的機會嗎？」

他低笑一聲，自問自答：「從來沒有。」

雲泥怔住，有那麼一瞬間，她覺得故事裡的小男孩真的就是李清潭。

她抿了抿唇，「如果給了男孩選擇的機會，這一切也許都不會發生，但人沒有辦法選擇自己的出身，做錯事的也不是他。」

「可是所有人都在罵他。」

「那是不負責任的遷怒。」雲泥聲音漸沉：「沒有一個孩子會希望自己出生在那樣的家庭，可是他出生了，這難道是他的錯嗎？」

「是啊，那是他的錯嗎？」李清潭回頭看著她，眼神是安靜的也是溫柔的：「那妳又有什麼錯呢？」

她怔住。

「在烏鴉的世界裡天鵝也有罪，人的三觀是沒有定義標準的。」李清潭自始至終都那樣看著她，一字一句地將她心裡的陰霾清除：「小男孩沒錯，妳也沒錯。」

第十章　荊棘

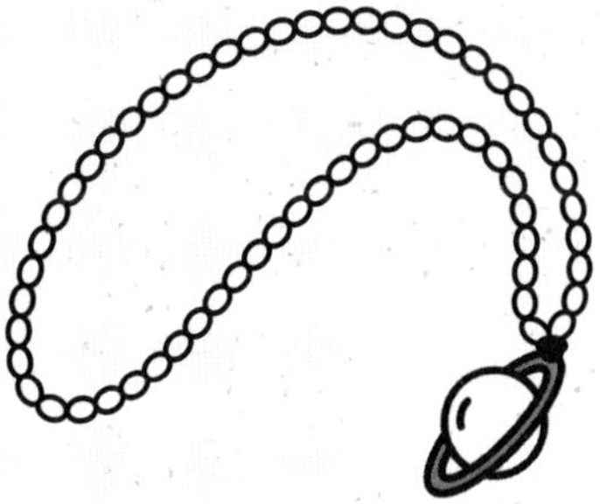

遠處的江面上駛過一艘龐大的貨輪，發出一陣沉悶而持續的汽笛聲，江水氾濫洶湧，水聲譁然。

不知道坐了多久，江岸附近散步的人陸陸續續少去，不遠處路邊的小攤也準備要收攤。

李清潭從地上站起來，拍了拍褲腿上蹭到的灰，「走吧，回家了。」

「嗯。」夜裡江邊的氣溫比別處要低很多，雲泥脫下外套遞給他：「你穿著吧，我不是很冷了。」

李清潭順著她遞衣服的姿勢握了握她的手，還是有些涼，他沒有接：「不用，等等坐車就不冷了。」

從銅城回廬城的火車只有一班，這個時間早就沒有車次，但是路邊有很多小麵包車等著載客。

李清潭包了一輛看起來還不算破舊的紅色麵包車，車子內部改造過，原來是七座的，現在甚至可以擠到十幾個人。

雲泥扶著車門坐進去，李清潭跟著坐在她身旁。

兩排座位之間的縫隙小得可憐，腿都伸不開，他腳在座位底下動了動，將前面一排靠椅往前踢了下。

司機察覺到，回頭說：「你可別把我車子弄壞了。」

李清潭笑：「你這車也不差我這兩腳了。」

司機是個爽朗的中年人，聞言也跟著笑：「本來還能撐兩年，你這一腳下去，能撐到年底都算好的了。」

「您別騙我了，我剛可沒用力啊。」李清潭說著又問雲泥：「妳要不要睡一下？」

「睡吧。」司機接話：「從這裡開車到廬城要幾個小時呢。」

李清潭手搭在前排的椅背上，腦袋枕過去搭在手臂上，臉朝著她這一側，看起來比她睏得多。

雲泥將窗戶最後一道細縫關好，「我不睏，你睡吧。」

他確實很睏，從昨天得到消息後就沒闔過眼，加上剛從藏區出來，高山症的症狀還沒清除。一路上膽戰心驚，到她家樓下卻又不敢貿然敲門，一宿沒睡和這一天的奔波已經讓他有些扛不住了。

李清潭摸出手機敲了幾個字遞到她面前。

『我睡一下，妳要是睏了就喊我起來。』

人生地不熟，加上又是大半夜，如果兩個人都睡過去，不可能沒有一點危險。

雲泥點了點頭，「你睡，到了我叫你。」

李清潭二話不說，稍微調整了下姿勢，倒頭就睡著了，微沉的呼吸聲在略顯安靜的車廂格外清晰。

她盯著他睡著的樣子看了一下，想到如果早上一開門沒有看見他，也沒有這一趟意外而難忘的出行。

那這一天，她會怎麼度過呢？

從醫院出來，她也許會在街上走很久，就像昨天從學校裡跑出來之後一樣，漫無目的地走著。

然後呢。

她想不到了。

也許沒有任何變化，也許會更差，總而言之不會是現在這樣，能把所有的不愉快拋之腦後。

他好像一直都是她生活裡的意外，而在她每一次的退縮和逃避中，這個意外又會變成意想不到的驚喜。

快到雲泥家社區時，李清潭被車子一個顛簸顛醒了，剛想抬一下腳，被突如其來的麻痺感刺痛，忍不住輕「嘶」了聲。

雲泥那時要睏不睏的，聽見他的動靜，問了句：「怎麼了？」

「腳麻了。」他聲音有些沙啞，不同於平時的清澈乾淨，在這麼近的距離和這樣封閉的環境裡，聽起來有點讓人耳熱。

她不動聲色地往窗戶邊挪了挪。

車子很快在社區門口停下，夜晚光線昏暗，空氣積攢了一天的灰霾，這時被晚霧沖淡了幾分。接近十二點，老城區的宵夜攤收的早，只有一家賣餛飩的還在營業，明亮的光從玻璃櫃門照到馬路邊。

李清潭穿著短袖，黑色外套拿在手裡，從車裡下來時，右腳還沒完全緩過來，抬著腳站在路邊。

雲泥揉了揉泛酸的肩膀：「要不要吃點東西？」

「好啊，我還真有點餓了。」

兩個人走進了那家還在營業的餛飩店，店裡遠比從外面看進來還要狹窄，擺了五六張桌子。

電視裡在放一部港片，老闆坐在櫃檯後面的搖椅上睡得昏天暗地。

李清潭走過去看了眼，手臂搭著桌沿，回頭笑問：「還吃不吃了？」

「吃吧，你不是餓了嗎。」

他屈指敲了兩下桌面，發出不小的動靜，「老闆。」

就這樣人還沒醒，手撓了撓肚皮，嘴裡嘟囔著，發出被擾人清夢的不滿，李清潭托著下巴笑，雲泥也覺得好笑：「算了，我們走吧。」

從店裡出來，李清潭順手將敞開的玻璃門關上，往四周看了眼：「這附近還有別的店？」

「應該沒了。」

「這個時間也是……」李清潭穿上外套，看見街角有一家超市還亮著燈，側頭說：「妳等我一下。」

雲泥看著他走進店裡，約莫過了幾分鐘才出來，手裡捧著兩桶泡麵，身形被月色勾勒出一層模糊的輪廓。

還差幾步時，她看見他皺著的眉頭，走過去接了一下，「燙到了？」

「有點。」李清潭把另外一桶放到餛飩店門口的桌子上，對著燈光看見了被燙紅的手指。

雲泥也看見了，伸手握住他的手指，仔細看了下，「還好，沒有起水泡。」

她抬起頭，對李清潭說完這句話才意識到自己還捉著他的手，手倏地一鬆，沒有再講話。

李清潭笑了下，沒怎麼在意的搓了搓，「麵好了，快吃吧。」

「嗯。」

兩個人站在餛飩店門口吃著泡麵，馬路上時而有車開過，夜色瀰漫上來，李清潭丟完垃圾，送她進了社區。

等走到公寓大樓下，他停住腳步，「我回去了。」

「好。」雲泥站在路燈下，看著他走遠，又倏地出聲：「李清潭。」

他沒有回頭，只是抬手在半空中揮了揮。

那晚之後，雲泥仍舊沒有回學校上課，直到升學考前最後一次月考，才回去了一趟。

那次月考不分班，只將桌子拉開，一人一位。

雲泥是最後一個進教室的，當時還沒到考試時間，班上多數同學還在聊天打鬧。

但這一切都終結在她的出現。

關於孫念念的事情已經調查清楚，她們曾經的指責和謾罵在真相面前顯得極其刻薄和不負責任。

之前雲泥沒有來學校，她們可以裝作什麼事都沒有發生，不用道歉也不用感到愧疚。現在她的出現將那些虛假的平靜撕開，所有的一切又重新擺到明面上。

班上陷入一陣尷尬的沉默當中，雲泥沒有在意這些，徑直走到最角落的位子，從包裡拿出筆和計算紙。

離考試還有幾分鐘，教室裡卻沒人再說話。

雲泥低頭在桌下回著李清潭的訊息，這幾天她沒來學校，也沒和李清潭見面，只偶爾在通訊軟體上聊兩句。

孫念念的事情遠沒有想像中那麼簡單，她問過一次，很有可能和之前吳征入獄的事情有關，但李清潭讓她不要管，也沒有和她說更多的細節。

考完試，雲泥收拾著之前沒來得及帶走的書和試卷，餘光裡瞥見一道靠近的身影。

她停下動作，看著女生。

周曉言把拿在手裡的班服放到她桌上，「之前聯絡不上妳，我就按照均碼的尺寸幫妳訂了。」

雲泥沒有拿，淡聲說：「謝謝。」

「之前的事情……」周曉言又往前走了兩步，像是做了很大的決定，「之前的事情是我太著急弄錯了，對不起。我知道我現在說什麼都沒用，也不奢望妳能原諒我，但這聲道歉是我欠妳的。」

沉默幾秒，雲泥說：「我知道了。」

周曉言也不知道該說些什麼，「那，班服妳拿回去試試，如果尺寸不合適還可以換。」

她「嗯」了一聲。

周曉言站了一下，轉身回了座位。

雲泥收拾好東西，背上書包走了幾步，又回來拿了放在桌角的班服。

有些傷害是不可逆的，事情已然發生，他們道不道歉是一回事，她能不能放下又是一回事。

二班的畢業照定在五月二十八號。

雲泥前一天晚上接到了劉毅海的電話，他的意思是畢竟同窗兩年，到了最後也不要讓自己留下什麼遺憾。

她想了想，說：「知道了，我明天會過來的。」

畢業照下午才開始拍，按照班級順序，二班在第二個。

雲泥直接穿著班服回去學校，站在人群裡的方淼遠遠看見她，朝這邊跑了過來。

她之前一直在上海忙課研的事情，等知道學校那幾天發生的事情後，氣到直接在電話裡哭了出來。

後來還是雲泥反過來哄著她。

現在見了面，雲泥看她又要哭的樣子，笑了下：「妳可別哭，不然我還要哄妳。」

「什麼嘛。」方淼別開眼，情緒被破壞，也忍不住笑了，「馬上都要升學考了，妳想好考哪裡了嗎？」

她的回答一成不變，「我啊，還是看成績吧。」

「妳這段時間都在家裡複習？」

「嗯。」雖然事情已經結束，但學校那些風言風語還在，她不想在這個節骨眼上還被這些不重要的事情影響。

「那正好，我這幾天都沒什麼事，我去妳家照顧妳吧。」

「妳確定不是我照顧妳？」

「……」

兩人說了一下話，劉毅海在遠處叫她們過去站隊，二班五十六個人，男生站了後三排，女生被夾在中間。

拍完集體大合照，方淼被其他班的朋友叫去合照，雲泥走到樹蔭底下，盯著遠方的雲出神。

正發愣，兩側肩膀突然都被人從後面拍了一下，她下意識回頭，蔣予舉著相機湊在眼前。

「來，學姐笑一個。」

她還沒回過神，蔣予已經按下快門，畫面在瞬間被定格，女生穿著白襯衫和藍灰色的格子裙，神情有些怔愣。

李清潭也從後方走過來，接過蔣予的相機看了眼剛才拍的照片，莫名笑了一下。

雲泥被他笑得有些不自在，「怎麼了？」

「沒什麼。」李清潭把相機還給蔣予，「很好看。」

她更不自在了，岔開話題：「你們怎麼過來了？」

「來幫妳拍照呀。」蔣予又舉起相機，又小又窄的鏡頭裡，少女和少年站在一起，畫面賞心悅目。

他往後退了幾步，「來，我幫你們也拍一張。」

兩個人站直了，面朝著鏡頭，中間隔著還能站下一個人的空隙，蔣予放下相機說：「你們能不能站近一點，我這取景框也就那麼點大。」

李清潭往左邊挪了一步，手臂靠著她袖口的布料，蔣予舉著相機，嘴裡念著「三、二、一」。

在「一一」的尾音落下的同一秒，李清潭忽地抬手搭在她腦袋上，雲泥猝不及防地轉頭看著他。

而他也正好低著頭看她。

四目相對的瞬間，夏日的風從四面八方湧過來，和少年溫熱的氣息一起湧進她心底。

升學考前幾天，雲泥家裡比起往日的冷清還熱鬧許多。

方淼說過來照顧她，還真的跑過來了，放假的李清潭和蔣予沒什麼事，上午在家裡睡覺，中午帶著飯過來，四個人一起吃完飯，雲泥被他們催著去房間學習，他們三個在客廳打牌，一玩就是一下午。

傍晚，李清潭和蔣予趕在雲連飛下班前從社區裡出來。

之前孫念念那件事，李清潭託何楚文調查了下，已經確定了是吳征的哥哥吳偉搞的事情。吳偉比起吳征，是完完全全的社會人士，手段和作為都更加狠毒，李清潭算間接毀了他弟弟的前途，他自然不會善罷甘休。

李清潭怕他在升學考前再鬧出什麼事，和蔣予離開之後，留了兩個人在社區門口盯梢。

回去的路上，蔣予問：「你打算怎麼解決這件事，總不能一直這樣拉扯下去，他們都是什麼人，你又是什麼人，這麼耗下去，吃虧的只會是你。」

李清潭低著頭，有一下沒一下的掰著手指，「等學姐升學考結束吧，我約他們出來談談。」

七號八號那兩天，全城升學考，李清潭幾乎寸步不離地跟著雲泥，從早上出門去考場再到考試結束，連午餐都是他叫人送過來的。

雲泥被他弄得有些緊張，「事情很嚴重嗎？」

「不嚴重，妳別擔心，好好考試就行了。」李清潭笑了下：「我只是第一次陪人參加升學考，沒什麼經驗。」

「是嗎？」

「當然。」李清潭把保溫桶裡最後一碗雞湯盛給她：「快吃，吃完再睡一下。」

雲泥的考場在十六中，和三中是兩個方向，中午來回時間不夠用，李清潭就在考場附近的飯店開了間房，中午雲泥在那裡休息，他沒什麼事，躺在沙發上打遊戲，等到時間了，再去叫她起床。

第一天下午還剩一科數學，雲泥拿到卷子時，粗略看了下所有題目，第一眼沒碰到什麼棘手的題目。

她雖然不偏科，但整體上還是數學比較好，之前高二老劉也想讓她去參加數學競賽，但雲泥沒去。

競賽遠比現在要付出更多的時間，她那時候根本沒有多餘的精力和金錢去忙競賽。

兩個小時，雲泥只用了一個半小時，升學考不讓提前交卷，剩下半個小時她仔細檢查了一遍試卷，又將之前做題時圈出來的題目重新驗算了一遍，最後只改了一道選擇題的答案。

考試結束的鈴聲敲響，等老師收完卷子，雲泥跟著人流往外走，校門還沒開，她往外看。

李清潭站在他們約定好的位置，他也在人群裡找她的身影，但可能人太多，並沒有看見她。

雲泥從一旁繞過去，還沒靠近，看見有別的女生走過去找他要聯絡方式。

他長得好看，尤其是烏泱泱的人群裡，簡直是鶴立雞群的存在，她之前就注意到了。

李清潭今天穿得簡單乾淨，黑色T恤搭一條藍色牛仔褲，聽女生說話的時候，他抬頭看見了雲泥，歉聲打斷道：「不好意思，我今天也是來接人的。」

「啊？」女生順著他的視線看見雲泥，還不死心，「是妹妹嗎？」

「不是妹妹，是學姐。」李清潭等雲泥走近了，才說：「對吧，學姐？」

雲泥站在他身旁，沒說話。

女生頗有些遺憾，又有點羨慕：「你對你學姐真好，祝你們幸福。」

雲泥：「……？」

李清潭「噗嗤」笑了出來，拿機車上的安全帽遞給她：「感覺怎麼樣，題目難嗎？」

「還好。」

「妳上午也是這個回答。」

雲泥抬手戴上安全帽，頭髮被壓出一道痕，換了一個說法：「對我來說不算特別難。」

「這麼有自信，不會拿個滿分吧？」

「說不定。」

他笑得更大聲了，長腿一跨坐到機車上，「走吧，回去吃飯。」

雲泥坐上去，注意到四周投來的視線，藏在安全帽下的眼睛眨了眨，唇角慢慢翹了起來。

第二天的考試對雲泥來說依舊不算特別難，理綜是她的強項，考完和李清潭在老位置碰面。

吃完飯，雲泥沒什麼睡意，和李清潭在房間看了一部電影，很老的片子，她都叫不出來演員的名字。

窗簾拉了一半，夏日午後的陽光曬進屋裡，知了聲此起彼伏，電視機的聲音窸窸窣窣。

「下午我爸過來接我，你晚點先回去吧，應該不會有……」雲泥邊說邊往他那邊看，才發現他不知道什麼時候靠著沙發背睡著了。

窗外起風了，窗簾跟著一起一伏，落進屋裡的光影也跟著晃動，少年一半身影沒在陰影裡，仰著頭，鼻梁高挺，脖頸中央凸起的那一小塊格外明顯。

他睡得很熟。

雲泥拿起遙控器關了電視，走到窗邊將窗簾徹底拉好，室內不亮了，光線昏暗。

她走到桌旁，從包裡翻出計算紙，留了張紙條壓在桌邊。

出門前，雲泥又看了眼靠在沙發上睡熟的少年，輕輕笑了下，才抬手將門帶上。

李清潭是被窗外一陣急促的腳步聲驚醒的，他蹙著眉睜開眼，發現屋裡格外安靜的瞬間一下子清醒了，起身的動作太猛，膝蓋不小心磕到了茶几邊沿，帶著整個茶几都挪了個位。

他彎腰揉著膝蓋，撿起掉在地上的打火機，同時也看見了壓在桌上菸灰缸底下的紙條。

我先去考場了，下午結束我爸爸要來接我，你睡醒了就直接回去吧。

李清潭擔驚受怕了這麼些天，臨到最後卻沒親眼看著她進考場，心裡莫名有些慌，邊下樓邊打開手機。

從一樓到三樓，陽光見縫穿插在樓梯中，他跑得跌跌撞撞，手機差點沒拿穩，一直跑到飯店外面，才看見她在十分鐘前傳來的一則訊息。

『我已經到考場了，不過考場的訊號不太好，不知道你什麼時候才能看見這則訊息。』

李清潭停在飯店門口的樹蔭下，溫熱的夏風拂過他的臉，心裡的慌亂和緊張緩緩落下。

他走進路邊的小超市，在店裡的冰櫃裡拿了支冰棒，站在路邊聽著校園裡傳出的聽力聲一口一口吃完了，冰涼的溫度沖散了幾分夏日的燥熱。

下午五點整，最後一場考試結束，那一天的鈴聲好像格外漫長。

監考老師沉默著收完試卷，雲泥坐在位子上，直到聽見老師那一句「祝你們前程似錦」，才終於意識到自己的高中生涯在這一刻結束了。

她走出教室，校園裡到處都是歡呼聲和壓抑許久的嘶吼聲，很快地，漸漸有控制不住的哭聲傳出，先是一個，而後接二連三的，哭聲比起之前的歡呼還更有感染力。

雲泥沒太多傷感的情緒，她的學生時代和別人不太一樣，沒有很豐富的活動，除了念書就是打工，升學考的結束對她來說只是換一個地方重新開始。

更何況，她覺得自己這次應該考得還不錯，雖然不確定分數，但感覺應該不會低於一模二模。

雲泥走到校門口，在人群裡看見雲連飛的身影，他今天換了身乾淨衣服，手裡捧著一束向日葵，像周圍許多等待的父母一樣，臉上的神情既緊張又喜悅。

她快步走過去，「爸。」

雲連飛笑著「欸」了聲，把花遞過去，「恭喜妳，即將邁入人生另一個新階段。」

雲泥心裡一暖，「謝謝爸。」

她捧著花跟在雲連飛身後往外走，看見站在路邊的李清潭，她正準備過去，他舉起手，示意她看手機。

雲泥低頭從包裡翻出手機，再一抬頭，他人已經不見了。

李清潭：『祝賀妳。』

雲泥：『這才剛考完。』

李清潭：『遲早都要祝賀的，早一點也沒事。』

雲泥：『謝謝。』

晚上班裡還有畢業聚餐，但雲泥沒去，只打了電話給劉毅海，和雲連飛在附近商場吃了頓火鍋。

父女倆鮮少有這樣的相處時刻。

早些年雲連飛一直在外地打工，中間有一兩年甚至連春節都在外地，對雲泥的關心總在電話裡。

步行回家的路上，雲泥和雲連飛也沒有聊很多，但心裡卻格外的踏實和平靜，一切好像塵埃落定了。

升學考成績出來之前，雲泥沒急著去找打工，和方淼窩在家裡刷了十幾部電影，偶爾傍晚李清潭和蔣予會過來找她們兩個吃飯。

四個人吃完飯，沿著城市的邊緣漫無目的地走著，最遠的一次，他們甚至快要走出廬城的邊界，放眼望去全是寬闊無垠的田野。

溫熱的夏風從田野中吹過，碧綠的水稻苗隨風搖曳，天邊的晚霞拉扯堆積，夕陽墜在西邊地平線上。

蔣予隨意坐在一處高一點的田埂上，手臂搭在膝蓋上，「過兩天是不是該查升學考成績了？」

雲泥「嗯」了聲，說：「二十三號。」

「好快啊。」

四個人站的站，坐的坐，看著夕陽一點點沉下去，等到月亮上來，又順著原路往回走。

蔣予和方淼順路，半路上先回家了。

雲泥和李清潭沿著路邊繼續往前走，路過一家小商鋪，她進去買了兩支霜淇淋。

兩個人邊走邊吃，夏天的氣息瀰漫，知了聲越來越聒噪。

雲泥想起什麼，側頭看他：「你什麼時候回北京？」

「過完這個暑假，還有……」李清潭還要說什麼，被一通電話打斷，他走到一旁，手裡沒吃完的霜淇淋慢慢融化，順著滴落在地上。

過了一下，雲泥聽見他說：「好，我現在過來。」

他結束電話，才想起手裡的霜淇淋，已經化得不成樣子，但他還是吃完了。
雲泥拿了張紙給他擦手，「你要走了嗎？」
李清潭擦著手：「嗯，有點事，要過去一趟。」
「那你去吧，我自己回去就行了。」
「沒事，先送妳回去，也沒多遠了。」剩下的路，李清潭一直拿著手機傳訊息。
雲泥進了社區，看他轉身往路邊走，又叫住他：「李清潭。」
「嗯？」他回頭。
她莫名有些不安，但又無從說起，只好叮囑道：「你回去注意安全。」
他笑了下，「知道了。」

等著查分那兩天，雲泥過得算輕鬆，劉毅海之前找她去學校估過分數，保守算下來應該過了六百五。
按照往年的分數線，這個分數基本上是想去哪裡就去哪裡，但估分到底還是存在些不確定性，劉毅海這一年班上有好幾個資優學生，二十三號一早就把人叫去了學校集中查分。
早上九點，網上陸陸續續出來些關於升學考查分的話題，有轉發錦鯉求高分的，也有轉發名校官網蹭運氣的。
辦公室的氣氛也不算輕鬆，劉毅海不停劃拉著滑鼠，一下又看看手機，幾個一起等著查分的同學也有些箭在弦上的緊張感。

雲泥也被這氣氛感染，呼吸裡都透著不安。

中途劉毅海接了個電話，只聽他「出來了啊」、「哪個學校」、「幾分」、「好」幾句說完就掛了電話，抬頭對上眾人緊張的目光，他笑了聲：「今年的理組榜首出來了，一中的，六百七十五分。」

幾個人有唏噓有驚訝，也有遺憾。

劉毅海沒說太多，雲泥想著自己之前的估分，忍不住咬了咬嘴角，將手指骨節掰得「哢哢」響。

能查到分數時已經過了十一點，在場的八個人查到了六個人，全都過了六百二。

剩下雲泥和班長秦實，劉毅海已經被前幾個滿足得眼角都擠出笑紋，「你們誰先查？」

秦實看了眼雲泥，說：「女生優先。」

她沒什麼意見，把准考證遞給劉毅海，看著他一個數字一個數字敲上去，滑鼠一點，小圈圈一直轉。

轉了十幾次，頁面才跑出來，

升學考成績單是表格式的，先顯示出來的第一行是考生號和姓名，下一行是升學考總分和全省排名，雲泥盯著電腦螢幕，又咬了下唇角，這次沒注意力度，不小心咬破了一個小口。

在舌尖嘗到鐵鏽味的同時，她聽見了劉毅海壓不住的激動聲：「六百六十三，全省第七。」

雲泥前幾秒還沒緩過來，盯著螢幕看了一下那幾個數字，才鬆了口氣似地眨了下眼睛。還好，這一年沒白努力。

等全部查完，劉毅海趕著去跟主任彙報，讓他們先回去考慮學校和科系，雲泥走在後面，秦實拍了下她的肩膀，「恭喜啊。」

「謝謝。」秦實的分數不低，她也說了句恭喜。

兩個人聊了幾句，秦實接到家裡人的電話先下了樓，她站在走廊，打電話給雲連飛說了成績。

雲連飛連說了幾聲好，跟著聲音就有些哽咽，雲泥心裡一酸，輕吸了口氣說：「等我上了大學，以後你就不用那麼辛苦了。」

『知道，我女兒厲害。』雲連飛又笑：『晚上妳要是不出去，我下午買點菜，我們在家裡慶祝慶祝。』

「好。」

雲連飛還在上班，父女倆也沒多聊，掛了電話，雲泥回訊息給方淼，免不了看見那個已經連續三天都沒什麼動靜的聊天框。

李清潭最近不知道在忙什麼，她傳過去的訊息都沒有回。

雲泥往上翻了翻之前的聊天紀錄，他基本上都是秒回，如果晚回也會解釋剛剛幹什麼去了，還沒出現過現在這種情況。

這幾天一直盤旋在心頭的不安在這一刻再一次浮現上來，她找到李清潭的號碼，撥了過去。

他的手機也沒有關機，只是一直無人接聽。

雲泥掛了這通沒人接的電話，還是有些擔心，只好傳了則訊息給蔣予。

只是等了很久，蔣予也沒回。

她找不到更多的人去了解李清潭的情況，在原地站了一下，被太陽曬得有些熱才下樓。

到家之後，雲泥隨便吃了點，躺在床上把風扇對著床尾吹，不知道是太熱了還是怎麼，那一天外面樹上的知了聲讓人格外心煩意亂。

午覺也睡得不安穩，下午三點鐘左右，有電話打進來，她迷迷糊糊接起來聽。

是蔣予，在電話裡問她考得怎麼樣。

她一下子清醒了，起身將窗戶關好，隔絕了外面的動靜，「還可以，六百多分。」

『挺好的，恭喜啊。』蔣予的聲音聽不出來多興奮，說完這句就沒下文了，也沒說要掛電話。

雲泥握著手機，莫名覺得喉嚨發乾，她垂下眼看著桌角的影子，「你最近和李清潭在一起嗎？」

『在。』

「那他怎麼不回……」雲泥不知道怎麼問下去，好像不問那些被她想像著、不停猜測著的事情就不會發生。

兩個人誰也沒說話。

過了很久，蔣予像是扛不住了似地輕嘆了聲氣：『他出事了。』

三天前的晚上，吳偉主動找上門，約李清潭在城南的一家撞球廳談一談他弟弟的事情。

李清潭知道這是鴻門宴，去的路上傳了地址給蔣予，叫他帶幾個人趕過來，但他沒想到吳偉連鴻門宴的表面功夫都懶得做，談判不過是個幌子，想弄死他才是真的。

對方人多，他單槍匹馬，等蔣予帶著人趕到時，他已經只剩呼氣不見吸氣了。

「你他媽！」蔣予被李清潭一身的血氣得眼睛赤紅，拎起旁邊的凳子就朝吳偉胸前砸了過去，「他要是有什麼事，我會讓你跟你弟那個垃圾，這一輩子都爛在牢裡。」

這事鬧得不小，蔣予等在手術室外面時，得到消息趕過來的何楚文就站在一旁打電話給李清潭的父親。

當天夜裡，李明月和李鐘遠一前一後到了醫院，李清潭那個時候剛從搶救室出來。

他身上多處骨折，最嚴重的是腹部的兩處刀傷，失血過多加上腦震盪，一直都沒醒。

蔣予之前沒見過李清潭的家人，他也說不上話，全程都是何楚文在交代，從救了鐘焱到吳征入獄，再到如今的吳偉。

李鐘遠顧不上去追究何楚文幫著李清潭隱瞞吳征的事情，只是回過頭沉聲交代自己帶過來的人去處理吳偉。

如若不是李清潭當時身體各項指標都還不太穩定，李鐘遠當晚就要安排帶他轉院回北京。之後的事情，蔣予也不太清楚，李家人沒有過問他的存在，也沒有讓他再見到李清潭，但好在蔣家在廬城還算說得上話，李清潭的消息他也不至於一點都不知道。

『……他的手機應該在他姐姐手裡，我之前打過一次，沒人接。』蔣予的聲音有些疲憊：『我現在也聯絡不上他。』

聽完蔣予的話，雲泥腦海裡一直忍著的情緒徹底忍不住了，腦海裡閃過的畫面全是李清潭渾身是血躺在地上的模樣。她用力地抿了抿唇，才壓下去從喉嚨深處湧上來的澀意，「那他……人怎麼樣了？」

『已經脫離生命危險了，今天早上醒了一次。』

雲泥忍著聲音裡的顫意：「我能去看他嗎？」

『看不了，他的病房有人盯著，除了醫生和護士誰也進不去。』蔣予的聲音裡也帶了些哽咽，『怪我，我當時接到電話應該先攔著他的，我要是和他一起，就不會發生這樣的事情。』

「蔣予，這不是你的錯。」雲泥這時腦袋塞滿了李清潭躺在血泊中的畫面，太陽穴跟針扎一樣的疼，但她還是不想讓蔣予把這莫須有的罪名擔在自己身上，就像當初的她一樣。

而現在的她，就像當初的李清潭。

「這不是你的錯，錯的是那些沒有原則的敗類。」雲泥深吸了口氣，岔開話題：「吳偉和他的同夥抓住了嗎？」

蔣予「嗯」了聲，哭腔很重。

「那就好……」她喃喃著。

和蔣予講的一通電話徹底沖散了雲泥心裡考了高分的那一點愉悅，她枯坐在鋪滿夏日烈陽的臥室，眼淚隨著西斜的夕陽一起落得無聲無息。

晚上吃飯時，雲連飛看見她溼紅的眼眶，不曉得出了什麼事，硬是等吃完飯才問是不是學校那邊出了什麼問題。

她搖搖頭說不是，但一下午無人可說的擔驚受怕，卻在這一刻突然崩潰了，她有些語無倫次的哭訴著。

自從徐麗出事之後，雲連飛從來沒見過女兒有過太多的情緒外露，這一哭也將他的心哭揪著，擦著她的眼睛安慰著，「不是已經脫離危險了嗎，等回頭爸爸帶妳去看他。」

「……我見不到。」她心裡難受，一直重複著這幾個字。

雲連飛沒再說安慰的話，別開眼，看到妻子掛在牆上的遺照，眼眶止不住地泛紅。

哭夠了也哭累了，雲連飛拿毛巾幫女兒擦著臉，就像小時候一樣，一邊擦還一邊唱兒歌給她聽。

只是時間久了，調也跟不上，雲泥想哭又想笑，情緒失控過後也有幾分不自在，自己接過毛巾胡亂擦了兩下臉。

晚上睡覺前，雲連飛還在關心這件事，想問問是她哪個朋友。

雲泥想了很久，也不知道想到了什麼，忽地垂下眼簾說：「是一個很重要的朋友。」

之後的幾天，雲泥過得忙碌又混亂，她的成績可以去任何想去的學校，劉毅海只在科系上給了她一點意見。

大學要讀四年，學費和生活費都不比高中，雲泥在考慮好學校和科系後找了兩份家教的工作。

傍晚結束補課，她會坐公車去醫院，儘管仍不能見到李清潭，但在那裡坐著的一個小時，心裡也會平靜許多。有時候會碰見蔣予，兩個人就坐在住院部大樓後面的小花園，等著夜幕來襲才離開。

就這樣過完了整個六月，雲泥除了家教的工作之外，又繼續去家門口的麥當勞打工。

步入七月的第一天，廬城下了一場暴雨，澆散了幾分近日裡的炎熱暑氣。

接到蔣予的電話時，雲泥剛結束家教從社區裡出來，外面大雨滂沱，她握著傘，拿著手機站在路邊，「蔣予，怎麼——」

『……學姐。』

還沒講完的話被這一聲熟悉的稱呼打斷，她愣在那裡，竟有種恍如隔世的感覺。

恰好此時路上一輛疾馳而過的小轎車淌過水坑，朝四周濺起無數水花，惹得路人發出不滿的尖叫和抱怨。

那頭的氣息頓住，很快便道：『學姐？』

雲泥緊握著手機，屏住呼吸，像是不敢相信一樣，很輕很輕地問了一句：「李清潭？」

聽筒裡安靜了幾秒，才傳出聲：『是我。』

聽見這個回答，雲泥壓抑了那麼久的情緒再也忍不住，在眼淚掉下來的瞬間掛掉了電話。

李清潭很快又打了過來。

她沒有接，邊擦著眼淚邊打字。

『下雨了，不方便接電話，你好一點了嗎？』

『我好多了，妳在外面？』

『嗯，剛結束家教。』

李清潭沒有再回，等了一下，又打了通電話，雲泥接起來時，那端已經換了人。

『學姐是我，李清潭他父親臨時過來了，我沒辦法待在病房太久。』蔣予的語氣比起之前還輕鬆許多，『他恢復得挺好，妳不用擔心。』

雲泥仍舊站在路邊，風颳著雨，窄小的太陽傘根本擋不住這雨勢，她往後退到一家便利商店門口，「那什麼時候能去醫院看他？」

『應該要等到他父親回北京，他家裡人看得挺嚴的，今天要不是碰上他姐姐在，我也進不去。』

雲泥輕吸了口氣：「我知道了，他沒事就好。」

這一通突如其來的電話將雲泥之前所有的不開心一掃而盡，就像暴雨之後的彩虹，令人愉悅而驚喜。

她沒有再因為擔心李清潭而睡不好覺，也沒有再從他受傷的惡夢裡驚醒過來。

就這樣過了兩天，等雲泥再接到蔣予的電話時，得到的卻是李清潭即將要回北京的消息。

她當時剛做完家教，正在回去的路上，突然停下腳步，被身後騎自行車的少年撞倒，手機也跟著摔出去。

雲泥顧不上被擦傷的手臂，爬起來撿起手機，匆匆說了一句對不起，就在路邊攔了輛計程車趕去醫院。

李清潭住在高級的單人病房，高昂的價格讓很多家庭望而卻步，也因此，那一層樓都很安靜。

安靜到他和李鐘遠的爭吵聲隔著很遠的距離都能聽見。

「……你管過我嗎？你做什麼事情問過我的意見嗎？你把我從盧城帶去北京，就像丟垃圾一樣把我丟在那個家裡，你知道我在那裡過得是什麼樣的生活嗎？！」李清潭聲嘶力竭地吼著：「你既然不想要我，當初為什麼要把我生下來？你自己犯的錯為什麼要我替你承擔？！」

「你混帳！」李鐘遠抬手甩了他一巴掌。

李明月驚呼：「爸！」

李鐘遠的聲音也難隱怒氣：「這件事情沒有商量的餘地，明天你就給我滾回北京！」

說完，病房的門被人從裡面拉開，門板「咚」地一聲砸在牆上，李鐘遠沉著臉從裡面走出來，滔天的怒火讓他甚至沒有注意到對面祕密通道的門在一瞬之間開了又關，兩道身影閃了進去。

走廊安靜了一下，蔣予和雲泥推開祕密通道的門。

病房廁所的那堵牆擋住了屋裡一大半的視野，只能看見床尾，以及背朝著門口坐在床尾附近的李明月。

蔣予之前和李明月打過一次交道，她對李清潭和朋友的來往都是睜一隻眼閉一隻眼，沒有多加干涉。

他剛想敲門，卻聽見李明月開口：「你知道你今天說了什麼嗎？你就為了那個女孩跟爸這麼說話，你值得嗎？」

「我說的都是實話，跟值不值得沒有關係，跟她也沒有關係。」

「你以前不是這樣的。」李明月靜靜看著眼前的少年，再開口時，聲音似乎有些疲憊，「我和楊成書的結局還不夠給你一個教訓嗎？」

楊成書是李明月的前男友，兩人從高中到大學戀愛六年，最終還是輸給了門當戶對四個字。

李清潭見過他們好的樣子，也經歷過李明月為了楊成書和家裡的抗爭，這中間種種，不是一言兩語就能夠說盡的。

他沒想著去挖她心口這塊疤，半靠在床邊，閉了閉眼睛喊了聲：「姐……」

李明月輕嘆：「我們那樣的家庭，說好聽點含著金湯匙出生，就算到死也都是含著金湯匙，一輩子享盡榮華富貴，可最終呢，這些都是要付出代價的，也是你沒有辦法改變的。」

「沒有辦法改變，那我放棄呢？」

「李清潭！」李明月拔高了聲音，「你知道你在說什麼嗎？你怎麼放棄？你是不是腦袋被打出毛病了？」

「姐。」李清潭突然笑了下：「我沒有跟妳開玩笑，如果真的有那一天，我寧願放棄。」

「……」

李明月嗓子緊了一瞬，可能是想到了過去的自己，眼尾泛著紅意，「我說難聽點，等你回了北京，這裡的人和事在你漫長的人生裡可能連一粒沙子的重量都沒有，你現在才多大啊，你知道什麼是喜歡什麼是愛嗎？」

「我不知道在你們的定義裡，愛和喜歡到底是什麼。」李清潭頓了一下才說：「我只知道她需要我。」

「……」

「我剛去北京的那一年，我覺得我在家裡就像個空氣一樣，沒有人會在意我的存在，也沒有人管我，無論我做什麼說什麼，都得不到任何回應。我真的，姐，我一直沒有和妳說，我真的很感謝妳。」

李明月從來沒聽過他說這樣的話，眼睛在瞬間酸了起來，但她忍住了，沒哭出來。

「我被爸送來廬城之後，這種感覺就更強烈了，我曾經甚至覺得我死了都沒人會為我掉一滴眼淚，反而可能還會覺得像丟掉一個包袱一樣，更加輕鬆了。」李清潭拿起桌上的紙巾放到床尾的位置，動作牽扯到腹部的傷口，又皺著眉靠了回去，「但她不一樣，她看起來挺聰明的，可有時候真的很笨，下雨了不知道帶傘，也沒什麼運動細胞，生病了也需要人照顧，被人欺負了也不知道說，有時候走路走著走著也會摔……」

他明明在說那個女生很需要人照顧，可李明月聽起來卻更像是他想要從照顧她來證明自己的存在是有意義的。

她終於明白，在李清潭和雲泥之間，不是雲泥需要李清潭，而是李清潭已經離不開雲泥。

那天下午，雲泥終究還是沒能見到李清潭。

她和蔣予從住院大樓出來，在蔣予的欲言又止裡，接到一通電話，什麼都沒來得及交代，就離開了醫院。

等再次見到李清潭，已經是第二天的凌晨。

雲連飛前一天下午在工地排查電路安全時突然昏倒，從建築二樓意外跌落，幸運的是一樓當時地面堆了不少裝滿水泥的袋子，降低了兩層樓之間的高度，人沒摔出什麼大礙。

而他昏迷的原因經過檢查，也只是勞累過度引起，加上年紀大了，身體各方面指標都有些飆高。

為了安全起見，醫生建議做一個全身檢查，再住院觀察兩天，確保沒什麼問題再出院。

雲連飛住進了普通病房，她一直坐在床邊守著，看著父親沉睡的臉龐，心裡亂糟糟的。

直到夜幕來襲，雲連飛還沒醒，雲泥起身走出去，和護理站值班的護士交代了句，才離開醫院回家收拾東西。

車子在社區門口停下，一下車，迎面吹來的風裡還裹挾著白日高溫下殘餘的熱意。

她一路小跑，風在身後追逐。

社區裡最近在整修，多了些綠植，公寓大樓前的空地也放上了健身器材和一排長椅。

李清潭就坐在那一排長椅上。

他還穿著醫院的藍白色病人服，額頭上之前受過一次傷的地方這次又纏上了紗布，頭髮也剃短了，臉色比起往日要憔悴許多。

他不知道等了多久，此刻腿敞開，手交叉搭在肚子上，人靠著椅背像是睡著了。

一隻灰白的貓睡在長椅的另一端，銀色打火機和半開的菸盒放在一人一貓之間。

雲泥倏地停住腳步，隔著不遠的距離站在那裡。

曾經被他風塵僕僕的模樣敲出一道裂縫的心牆，在這一刻，因他脆弱而等待的姿態徹底倒塌。

她悄然靠近，貓警覺，睜眼看見陌生的面孔，「喵」地一聲跳下長椅，跑進了深長的夜色裡。

李清潭被這聲音驚醒，掀眸看見站在眼前的人影，聲音又低又啞，「……學姐。」

雲泥心裡一酸，聲音乾澀：「你怎麼來了？」

他扶著椅側的扶手站起來，身形微顫，眉頭也跟著蹙了下，站定之後才說：「我要回北京了。」

她忍著聲音裡的顫意，「我知道。」

李清潭始終看著她，像之前的很多次一樣，雲泥知道蔣予一定跟他說了什麼，不然他不會在這個時間出現在這裡。

「李清潭。」她沒有辦法再開口，怕下一秒就要哭出來。

「我知道妳要說什麼。」李清潭往前走了一步，漆黑的眼眸裡布滿了紅血絲，語氣帶了些乞求：「但我今天是來跟妳道別的，其他的話留到下次見面再說，可以嗎？」

她緊咬著牙根，聲音也在發顫：「不行。」

李清潭低著頭，咬肌在臉側繃出輪廓，對視了幾秒，他像是再也忍受不了，「可我不想聽。」

他自暴自棄的想要逃離，但步伐卻走得很慢。

兩個人像是一條直線上背道而馳的兩個方向，雲泥低下頭，眼淚掉了下來，背對著他說：「你有沒有想過你姐姐的話並沒有說錯，我們是不同世界的兩個人，等你回到北京之後，你或許很快就會忘了我——」

「我說了我不想聽！」李清潭轉過頭低吼了一句，看著她的背影，神情脆弱又難過，「我不會。」

他一字一句地重複：「我這一輩子，都不會忘記妳。」

雲泥心裡被他這幾個字敲得很亂，閉上眼睛深吸了口氣，轉身看著他，「我爸爸今天生病住院了，直到他躺在病床上的那一刻，我才發現他已經有了那麼多的白頭髮，我媽媽去世之後，他一直努力想要讓我過好生活，當初買下這間房子的時候，我們家裡已經欠了很多錢，可他說他不想讓我一個人在廬城的時候連個落腳的地方都沒有，雖然媽媽不在了，可家還是在的。」

「李清潭，你姐姐說的沒有錯，你是含著金湯匙出生的，一輩子都是榮華富貴，可能談戀愛都是要別人追著哄著，沒有吃過什麼苦。」雲泥看著他，慢慢放緩了語氣，「但這一次你可能會有一點辛苦，因為我爸爸年紀大了，我想留在他身邊照顧他，所以我去不了很遠的地方讀書，更去不了北京。」

李清潭之前想要逃避的姿態因她這番話而僵在原地，神情也愣住，像是難以置信，怔怔地看著她，「……什麼？」

「還沒聽出來嗎？」雲泥眼也不眨地看著他，興許是接下來的話有些難為情，她醞釀了好久，直到耳朵和臉頰都染上紅意，才格外認真地說道：「我想和你在一起。」

雲泥曾經逃避了很久，也拒絕過很多次，可他始終沒有離開，她退一步，他便往前走兩步。

是他讓她相信，這世上真的有苦盡甘來。

所以這一次，她也想往前走一步，即使未來的路布滿荊棘，可只要彼此相愛，也許有一天，荊棘裡也能開出漂亮的花朵。

第十一章　清潭

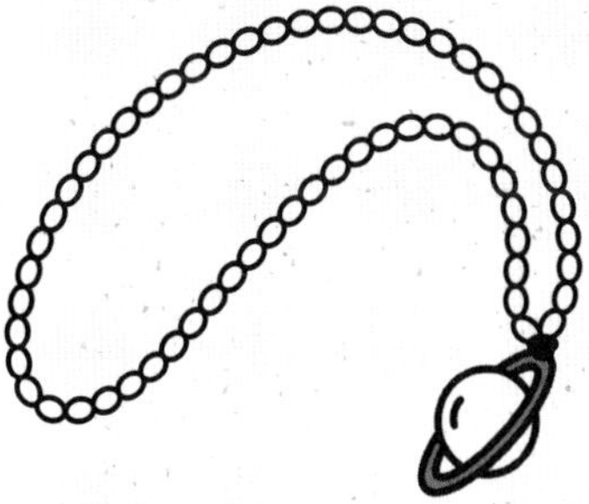

我想和你在一起。

李清潭站在原地，聽著他這一年曾經動過無數次念頭卻又因膽怯而無法說出的一句話，大腦像是陷入一陣沉默的空白。

從知道她聽見李明月的話，可能會再一次將自己往外推而湧出的恐懼感，從聯絡不上她起，一直蔓延到他從醫院到這裡的一路，甚至是在聽見她在說出這句話的上一秒，始終都纏在他心裡那種患得患失的情緒，在聽見這七個字的瞬間，全都化為烏有。

他有些遲鈍地垂下眼，看著離自己只有幾步遠的雲泥，喉結上下滑動著，有一瞬間甚至不知道說什麼。

她的逃避曾經是他不能輕易將喜歡說出口的顧慮，可他卻沒有想到，他的等待和陪伴，有一天也會成為她向他而來的勇氣。

這一場盛大而不同尋常的「暗戀」，終於在這個喧鬧的夏夜落下了美好的帷幕。

突如其來的驚喜讓李清潭心裡突然有一種不真實感，他很想也很迫切地想要去抓住或者握住什麼，從而確定自己不是在做夢。

這個念頭冒出來的下一秒，他忽地往前走了兩步，在雲泥緊張和羞澀神情當中，伸手將她抱進了懷裡。

抱住的那一瞬間，李清潭的心裡被塞滿了柔軟，手臂不由自主地用力，幾乎是近到沒有一絲縫隙的距離。

他低著頭，臉側蹭著她的耳朵，感受從對方身上傳來的熱度，喃喃道：「我不是在做夢吧……」

那一聲低喃，讓雲泥想起之前他生病時脆弱又委屈的模樣，心裡倏地一酸，他抱得那麼用力，讓她有些透不過氣，但她始終也沒掙脫，微微動了下腦袋，蹭了蹭他的臉說：「不是。」

他一下子從炸毛的獅子變成了軟乎乎的獅子，臉頰也浮現出一層淺淺的紅暈。距離分開了一點。

雲泥看到他臉側的巴掌印，指腹蹭過去摸了下，「疼不疼？」

「不疼了。」李清潭順著她的肩線想往下握她的手，卻不小心碰到她手臂上的擦傷，眉頭一蹙：「這怎麼弄的？」

「下午的時候不小心擦了一下，我在醫院已經處理過了，沒事。」雲泥握了握他有些冰涼的手指，才想起來他還穿著病人服和拖鞋，「你就這樣從醫院出來？你姐姐沒攔著你？」

「她不知道我出來了。」李清潭估算著時間，「現在應該知道了，說不定正在來的路上。」

「……」

雲泥還要回家幫雲連飛收拾衣服，讓李清潭先回醫院他又不願意，只好帶著人一起上樓了。

一樓和二樓之間樓梯間的感應燈壞了，清白的月光從窗戶落進來。

李清潭傷口還未癒合，走起路來有些費力，雲泥扶著他，兩個人在昏暗的樓梯間裡靠得很近。

沉悶的夏夜，潮溼的呼吸聲纏在一起，緊靠在一起的身體在逼仄的空間裡散發著熱度。

李清潭突然停住腳步，雲泥抬頭看著他，「怎麼了？」

他的眼睛在昏暗的環境裡格外亮，像是帶著溫度，她彷彿被這溫度灼燒著，呼吸也有些不穩。

誰也說不清是誰先靠近誰，等到回過神，彼此間的距離從有到無，比身體靠得更近的是兩個人的嘴唇。

潮溼而溫熱的氣息深深淺淺的交換著，牙齒磕到一起，李清潭手撐著樓梯的欄杆，另隻手被她抓緊。

他也用力攥著，指縫交錯，汗水滑膩，卻始終沒有鬆開。

不過十幾秒的事情，卻好像跑了一場馬拉松，渾身軟綿綿的。分開的瞬間，彼此往不同的方向偏著頭，緩著沉而曖昧的呼吸。

李清潭吹了一夜冷風的臉在此時多了幾分血色，唇瓣上沾著水光，泛著瀲灩的紅。

她又能好到哪裡去。

眼睛溼潤，唇角還有他不小心咬破的小口子，正在隱隱作痛，兩個人對上眼的瞬間，誰也沒有說話。

李清潭鬆開撐在欄杆上的手，又將她抱住，手臂收緊了，頭埋在她肩窩處蹭了蹭。

像是意外得到的寶貝，無比珍惜。

雲泥手碰到他的口袋裡，推了推他的手臂，「你手機。」

李清潭不用猜都知道是李明月的電話，又蹭了兩下才去接。

深夜安靜的樓梯間裡，李明月的聲音像是穿透了這夜色，『五分鐘之內給我滾出來。』

「……」李清潭甚至沒來得及說一個字，電話就掛了，他把手機放回口袋，「我先走了，不然等一下我姐就該上來抓人了。」

雲泥拉住他：「那我送你出去。」

李清潭回握住她的手，「不用，我自己可以出去，妳不是還要去醫院嗎，快點回去收拾東西吧。」

「李清潭。」她叫他的名字，多了幾分不捨。

「欸。」他笑著應了聲，伸手捏捏她的臉，「我很快就回來。」

李清潭匆匆地來又匆匆地走，像是一場大起大落的夢，只是夢會醒，會變成再也無法複製的一樣東西，可是人不會。

見不到面的日子裡，時間彷彿也被拉長，雲泥忙著打工和照顧父親，只有很少的空閒能分給李清潭。

後來過了沒多久，他養好傷也不知道用什麼藉口又回了趟盧城。

那天正好是立秋，雲泥前幾天淋雨不小心感冒，吃了藥在家裡睡覺，沒聽見敲門聲也沒聽見手機響。

等看到訊息已經是傍晚，她甚至來不及穿鞋，赤著腳跑過去開門。

夏天突降暴雨，溼漉漉的水氣隨著門一開捲進屋裡，少年坐在空無一人的樓梯間處，被開門聲引起注意，抬起頭。

直直地對上她的視線。

他給她的記憶，永遠都是等待的畫面，可能是上天也看不過去了，想要懲罰她，所以才會有了後來她等在原地的那幾年。

狂風挾著暴雨在窗外呼嘯，李清潭在外面坐了有一陣子，肩上、背上、還有腿上的溼意都已經被風乾。

雲泥幫他倒了杯熱水，想回房間穿上拖鞋，被他拉住手臂，抱起來踩在他腳上，和他接了一個又長又溼的吻。

他揉著她的腦袋，分開了還想親。

雲泥剛剛沒反應過來，現在手推著他的肩膀，頭往旁邊偏，「不行，我感冒了，會傳染。」

他又湊過來，抓著她的手扣在腰後，細碎的吻落在她耳側，還很得意的說：「剛剛已經親過了。」

「……」

等到胡鬧完已經過了幾分鐘，雲泥怕他真被傳染，泡了一杯感冒藥盯著他喝完。

「你什麼時候到的？」

李清潭皺著眉，放下杯子，「中午。」

雲泥拿了顆糖放在他手心裡，拿著杯子往廚房走，「你下次要來提前和我說，萬一我不在家呢。」

「我這不是想給妳一個驚喜嗎。」

「沒有驚喜。」雲泥關了水龍頭，把杯子放到一旁，「我醒來看到那麼多未接電話，我嚇死了。」

「……」

她笑了起來，沾著水的手捏了下他的耳垂，「但我現在還是很高興。」

李清潭留在廬城那幾天，除了剛回來的第二天去宋家吃了次飯，剩下的時間全都和雲泥膩在一起。

她去打工，他也要跟著，弄得學生家長還以為是她家裡人不放心她的安全，特意找人來陪。

後來回去，雲泥凶了李清潭一頓，等下一次再去做家教，他就在社區門口的飲料店等著。

夏天最熱的傍晚，兩個人手牽著手，吃著霜淇淋走在路邊，熱浪未散，連風都沾上溫度。

太熱的時候，雲泥做家教的時間從下午換到了晚上，李清潭也不提回北京的事，和她賴在家裡看電影或者做一些打發時間的事情，沒有冷氣，風扇開到了最大也還是很熱，窗外知了聲越來越長。

雲泥今天休息，傍晚出門去買菜，走到沙發那裡推了推還在睡覺的李清潭，「我要去買菜，你去不去？」

他迷迷糊糊醒了，又閉上眼，「睏。」

她笑著戳了下他的臉，沒再喊他，拿上鑰匙出門。樓梯間裡傳來腳步聲，不知道是哪裡的關門聲驚醒了屋裡的人。

李清潭趿拉著拖鞋走到陽臺，夏天的傍晚天還很亮，社區裡老人帶著小孩坐在樹蔭底下乘涼。

他等了一下，才見雲泥出現在視線裡，「學姐。」

雲泥回過頭，看見他趴在陽臺那裡，頭髮睡得亂糟糟，臉龐浸在夕陽昏黃的光影裡，清晰而好看。

「怎麼了？」她問。

他笑著說：「幫我帶支霜淇淋。」

「知道了。」她收回視線往前走，夏天的熱風迎面而來，周圍的知了聲越來越長。

李清潭等看不見她的身影才轉身進屋，端起桌上的冷水喝了一口，又躺回沙發上。

夕陽落進屋裡，風扇嘩啦嘩啦地轉著。

那只是很平常的一天，平常到他們誰也沒想到，那會是他們在這個夏天見過的最後一面。

李清潭最終還是沒能吃到那支霜淇淋，雲泥在買菜回來的路上接到他的電話，那時他已經在去機場的路上。

老爺子出事了，他顧不上和她好好道別，約好了等她過生日時一起去銅城看日落。

之後的幾天，雲泥依舊和往常一樣忙碌，和李清潭的聯絡也是斷斷續續的，只知道他爺爺的情況一日不如一日。

後來，老爺子終究還是沒有熬過那個夏天，雲泥在新聞上看見李家發出的訃聞，在記者長槍短炮的鏡頭中，看見那個站在人群裡的削瘦身影。

也是從那一天起，她傳過去的訊息如同石沉大海，打過去的電話也無人接聽，她在一夕之間失去他的所有消息。

那一年，盧城迎來少有的漫長雨季，暴雨裹挾著潮溼的水氣，像是要淹沒整座城市。

雲泥擠在下班族的公車裡，窗外的雨滴劈裡啪啦地砸在車頂，水簾順著車窗往下滑落。

她從車裡下來，撐著傘往前走。

社區門口停了一輛黑色的奧迪，在雲泥迎面經過時，突然鳴了聲笛，後排的車窗跟著降了下來。

車裡坐著的女人對雲泥來說並不陌生，她曾經在李老爺子去世的新聞上見過一次。

她穿著純黑的長裙和李清潭站在一起。

此刻，她不同於那天的憔悴，妝容精緻，頭髮梳的整齊，有著一雙和李清潭七八分像的眼睛。

李明月安靜地看了她一下，輕聲道：「上車吧。」

她有話要說，顯然這樣的情形並不適合交談，司機下車替雲泥收了傘，讓她坐在後排的另一側。

車門重新關上，雨聲變弱，車內縈繞著一點淡淡的檀香。

雲泥這個名字對李明月來說也一樣不陌生，李清潭出事之後，何楚文在交代他在盧城這一年發生的事情裡，這兩個字的出現率很高。

「我是李清潭的姐姐。」李明月只沉默了幾秒，目光落到她臉上，確實是個很漂亮也很容易讓人產生憐愛的小女孩，她有一瞬間的不忍，但最終還是張了口：「李清潭他被我父親送出國了。」

雲泥神情一愣，唇瓣動了動，但卻什麼也沒說。

李明月沒有多說，三言兩語講述了那幾天發生的事情，「老爺子去世之後，家裡沒人能勸得住我父親，他要送誰走，我們都攔不住也沒辦法插手。走之前，李清潭跟我父親吵了一架，被關起來之後從二樓跳了下來，他想來找妳，但還沒走出北京城，就被抓了回去……」

窗外潮溼的水氣好像在一瞬間湧進了車裡。

那天李明月還說了什麼，雲泥已經記不清了，她只記得推開車門後撲面而來漫天水氣，幾乎讓她快要溺斃在其中。

她沒有想到他們的分別會是這樣的倉促和潦草，甚至連一聲再見都沒有好好說過。

她冒雨走在路邊，眼淚和雨水一起順著臉頰滑落，心臟被絲絲縷縷的刺痛包裹。

她抬手捂住胸口想要緩過那一陣強烈的窒息感，卻摸到李清潭之前送她的星球項鍊。

那是一個尋常的夏天傍晚，雲泥在無意間看見李清潭也有一個星球項鍊，追著他問是怎麼回事。

李清潭當時躺在沙發上，順勢將她摟進懷裡親夠了，才笑著說起那個關於冥王星和凱倫星的故事。

——「Pluto（冥王星）是太陽系中離太陽最遙遠的星星，幾乎沒有陽光能穿越五十九億公里的旅程找他，但他身邊有顆自然衛星叫做 Charon（凱倫），兩者之間的距離只有地球和月球距離的十五分之一，她一直陪著冥王星走著這一段漫長而冷清的旅程。」

他將兩個人的星球放在一起，指腹慢慢摩挲，抬眸看著她，「妳就是我的 Charon。」

那時的場景好似還歷歷在目，少年溫柔的笑、漆黑的眉眼、親吻、懷抱、牽手，所有的所有都像烙印一般刻在她心裡。

雲泥再也克制不住，彎腰蹲在地上，喉嚨哽住，隱忍的哭泣變成孩子一般的嚎啕大哭。

那一年，盧城的夏天彷彿格外漫長，黑沉的天壓著一場又一場暴雨，她好似再也看不見下一個夏天。

雲泥大學留在了盧城。

她以那一年中科大在盧城所在省份錄取人數裡的最高分，考入了中科大的電腦科學與技術系。

收到錄取通知書那天，她回了趟三中。

劉毅海在夏天動了次手術，學校考慮到他的身體狀況今年沒再讓他帶資優班，只排了三個普通班的課程給他。

他沒以前那麼忙了，雲泥在辦公室待了大半個小時，直到晚自習鈴聲響，劉毅海拿著書：「走吧。」

走到一樓，劉毅海想起什麼，「對了，孫念念前幾天跟她父親回學校辦了轉學手續，她今年在二中復讀。我看她恢復得也挺好，還讓我見到妳跟妳轉告一聲對不起。」

之前的事情早已結束，誰是誰非也已經不重要，雲泥沒多說什麼，「我知道了，謝謝劉老師。」

「行，那就先這樣。」劉毅海還要去上課，「妳回去路上慢點，有空多回來看看。」

「好。」

那之後不久，中科大開學，雲泥代表新生在開學典禮上發表演講。

當天演講還沒結束，她的名字就刷爆了中科大的表白牆，擺脫了老師和家長嚴防死守不准早戀的高中時代，步入大學的少年顯然肆意奔放許多。

軍訓之後，雲泥宿舍四個人有一半都有了男朋友，剩下她和同排鋪位的梁岑孤家寡人。

梁岑是個很酷的女孩，愛刺青愛抽菸，雲泥和宿舍另外兩個女生都是廬城本地人。只有她來自銅城。

一次偶然間的宿舍夜聊，快要結束時有男朋友的兩個室友問她們為什麼不談戀愛。

梁岑剛起了個頭，聽見走廊外宿管阿姨說話的動靜，靠門邊的室友「噓」了一聲，而後動作俐落的關了燈。

沒過多久，男朋友們打來電話，她們開始煲電話粥，關燈前的那個話題就這樣悄無聲息地斷了。

但說者無心聽者有意。

那天晚上，雲泥少有的夢到了李清潭，在夢裡他們回到了老洲村，坐渡輪去了太陽島，在日落下接吻。

返程的途中，輪船在江面上突然失控側翻，冰冷的江水吞噬著從船上滾落下來的人，四周絕望的呼救聲鋪天蓋地。

江上起了霧，雲泥尋不見李清潭的身影，眼前閃過一張張驚慌失措又陌生的面孔。她喊著他的名字從夢裡驚醒。

眼前是黑暗的，猶如夢裡起了霧的江面什麼也看不見，夢裡找不到的人在夢外同樣也找不到。

大夢一場，雲泥沒了睡意。

窗外閃起忽明忽暗的火光，她輕手輕腳地下了床，推開陽臺的門，梁岑回頭看了過來。

梁岑的長相是一種鋒利的美，細狹的眼尾，濃墨般的瞳仁，讓人第一眼就挪不開視線。她穿著貼身的灰色背心，露出手臂、後背、胸前的刺青，豐富的色彩讓她的美在鋒利之餘又多了幾分妖冶。

「抽嗎？」梁岑晃了晃手裡的菸。

雲泥拿了一根，梁岑湊過來幫她點火，兩個女孩離得很近，火苗在風裡搖搖欲墜。

她吸了一口，嗆人的菸味徑直竄進鼻腔和喉嚨深處，帶起一陣很強烈的生理反應。

梁岑拍了拍她的後背，要去拿她的菸，「給我吧。」

「沒事。」雲泥捏著那根菸，沒再嘗試第二口，她沒想要學會抽菸，只是覺得這個味道很熟悉。

夏天終於快要結束了，夜裡的風不再有溫溫的熱意，月亮灑下瑩白清冷的光輝。

雲泥問梁岑知不知道老洲村。

她笑了下，「我本地人，能不知道嗎。」又問：「不過那地方也不出名，妳怎麼知道的？去過啊？」

「去過一次。」雲泥說：「那裡很漂亮。」

「漂亮嗎。」梁岑不覺得，細數著那裡的不美好、不乾淨、不漂亮，眼見著就要將雲泥記憶裡的老洲村抹掉。

雲泥「欸」了聲，「也沒有那麼差勁吧。」

梁岑笑起來，將菸頭碾滅丟進空的塑膠瓶裡，兩人玩笑似地聊了一下，冷不丁扯到關燈之前那個話題。

雲泥看著她：「妳那時候想說什麼？」

「啊。」梁岑拿了根菸在手裡把玩著，「懶得談，妳呢，為什麼不談？」

「我有男朋友。」

「就妳錢包裡的那個？」

雲泥有些驚訝。

那張照片是她拍畢業照那天，和李清潭拍的一張合照，是第一張也是唯一一張。

「開學那天我就看見了。」梁岑不吝嗇她的讚美：「挺帥的。」

她笑著說：「謝謝。」

「又不是誇妳。」

「妳誇他，說明我眼光好啊。」

「……」

後來又聊了什麼，雲泥已經記不太清了，只是天快亮時，她問梁岑抽的是什麼牌子的菸。

「南京炫赫門。」梁岑轉頭看她，側臉沉浸在日出時赤紅的光芒裡，「聽過一句話嗎？」

「什麼？」

「抽菸只抽炫赫門，一生只愛一個人。」梁岑說完，自己先笑了，「是不是很中二？」

「沒。」她說。

梁岑沒再說什麼。

那一夜過去，雲泥和梁岑之間像是有了一層無形的默契，平時同出同進，偶爾共同失眠的夜裡，梁岑也會說一說自己的故事。

時間過得悄無聲息，一瞬秋一瞬冬。

那一年寒假，雲泥成功通過校內考核加入了校隊，成日泡在學校跟著實驗室的學長學姐備戰下一年全國人工智慧大賽。

一次通宵趕進度的深夜，她跟學姐去樓下買咖啡，拿錢時，學姐看到她錢包的照片，問了句：「男朋友嗎？」

「嗯。」她往機器裡塞了張五十元的紙幣。

「怎麼放假了也沒見他來找妳呀？」

「他很忙，不在國內。」雲泥把咖啡遞過去，半真半假的話：「我也聯絡不到他。」

學姐笑：「那妳這戀愛談得可夠辛苦的。」

雲泥看著外面白茫茫的一片，格外平靜的說：「還行。」

後來那張照片不知怎麼就傳了出去，電腦學院的院花名花有主，表白牆上一堆哀號。

春節前一週，實驗室放假，雲泥去了趟上海。

方淼和父母吵架，現在連家也不回了，一個人住在校外的出租屋裡，她把人帶回來，留在自己家裡過年。

晚上，兩個人躺在同個被窩裡，方淼無意間提到李清潭，小心翼翼地問了句：「這麼久了他還是一點消息都沒有嗎？」

雲泥怔愣了幾秒，點點頭。

方淼看著她，嘆了聲氣，「哎唷，別哭了小可憐。」

那一個年過得還算安穩，開春之後，繁多的學業和競賽像兩座大山一樣壓在雲泥肩上。

她忙得快喘不過氣，但在接到劉毅海的電話後，還是在五月底抽出一天時間回了趟三中。

雲泥是去年的優秀畢業生，現在照片還貼在校門口的櫥窗裡，學校邀請她回來為高三的學弟學妹們演講一次。

結束後，雲泥和蔣予在學生餐廳一起吃了頓午飯。

兩個人有快一年的時間沒見，坐在一起過去的事情不能提，又沒什麼共同話題，略顯安靜地吃完了那頓飯，誰也沒提起那三個字。

吃過飯，蔣予先回了教室，雲泥漫無目的地在學校裡轉了一圈，往校外走時，突然聽見有人在身後叫了一聲。

「學姐——！」

那聲音太熟悉，她整個人一僵，連呼吸都屏住，愣了好久才慢慢轉過身。

男生又高又瘦，穿著夏季的校服，還嫌熱似地將褲腳往上捲了兩摺，短頭髮，臉很白。只是對她來說，依然很陌生。

「妳東西掉了。」男生手裡拿著一張中科大的校園卡，上面印著她的一寸照。

「謝謝。」雲泥接過去，轉身離開的瞬間，眼淚再也忍不住。

她流著淚走了一路，沒有在意旁人詫異的目光，只是覺得沒有哪一天的太陽能像那天一樣刺人。

回去之後沒多久，雲泥突然發起了高燒，在深夜被梁岑送去醫院，點滴室沒有多餘的床位，兩個女孩擠在大廳的角落。

燒得迷迷糊糊當中，她嘴裡低喃著「李清潭」三個字，眼淚順著眼角流出來，惹得來換點滴瓶的護士看著都有些不忍，問是不是有哪裡不舒服。

梁岑說：「沒事，心病，沒辦法治。」

護士「唉」了一聲。

醒來後的雲泥並不記得這一件事，打完點滴，梁岑扶著她去廁所，洗手時，梁岑在一旁抽菸，她用拇指和食指捏著菸。

雲泥在她微翹著的右手無名指靠近中指那一側看見一個新刺青。

兩個橫過來的字母，L和C。

梁岑。

雲泥先入為主，「妳名字的縮寫嗎？」

「不是。」梁岑丟了菸，「是我的愛人。」

後來，雲泥在夏天結束之前，去了趟梁岑經常刺青的那家店，她在那裡待了一下午，出來時，臉都是白的。

回到宿舍，梁岑看她拎回來的一堆東西，微挑了下眉：「妳去刺青了？」

「嗯。」雲泥下午一杯水也沒喝，灌了兩杯水，才抬手脫掉外套，裡面是件黑色的貼身背心。

梁岑在她左肩下面靠近心口的位置看見了那個刺青，剛刺完，圖案四周的皮膚都還泛著紅。

但不難看出輪廓。

應該是什麼河海的抽象化畫法，不同於其他山海落日的構造，除了那條抽象的河海紋路，還有一棵簡單勾勒出來的樹。

雲泥的皮膚細，那個刺青養了好久，後來去補色的那次梁岑也過去了。

當時已經是夏末，傍晚兩個人從店裡出來，沿著小巷往外走，她還穿著上次那件背心，外套拿在手裡。

刺青已經完全出形出色，整體是藍綠調。

梁岑看了兩眼，問是什麼。

雲泥順著她的視線看向刺青，再抬起頭時，眼裡多出幾分繾綣深長的情緒，連著語氣也變得溫柔。

「清潭，綠蔭高樹映清潭。」

二〇一五年的春節，雲泥是在醫院度過的。

秋末初冬那時，雲連飛覺得喉嚨有點不舒服，吃一些粗硬食物時總感覺跟哽住了似地，最初以為是上火，只在診所開了點消炎藥。

正好臨近春節工地上事情多，他也沒太上心，直到後來喉嚨哽住的情況越來越明顯，胸骨也伴隨著出現跟被針刺一樣的疼痛，他才意識不對勁，去醫院一查，食道癌早中期。

醫生說要是再來晚一點，情況就不一樣了。

雲泥那段時間不在廬城，跟周教授在上海參加展覽會，接到電話那天已經準備返程，中午和方淼在她學校吃飯。

餐廳鬧哄哄的，男人的聲音忽高忽低，只說生了病，醫生讓家屬來一趟醫院，商量一下手術的事情。

她當時感覺天都要塌了，掛了電話和方淼說了兩句就要走，起身一不留神撞到人，對方手裡半碗番茄雞蛋湯被撞翻，髒了半身衣服。

男生被嚇了一跳，端著個空碗愣在原地，雲泥著急走，匆忙之下往他外套口袋塞了幾張零錢，「對不起，我有急事。」

方淼追著雲泥跑出餐廳，路上跟輔導員請了幾天假，陪著她回飯店取了行李又一起回了廬城。

下高鐵已經是晚上，雲泥在車上打電話給雲連飛問清情況，得知詳細病情後，方淼聯絡了自己在南京鼓樓醫院消化科的學姐。

第二天一早，三個人又馬不停蹄地坐高鐵去了南京。有熟人在醫院，從檢查到入院都沒怎麼費時間。

手術排在年二十三下午，雲泥從傍晚等到天黑，窗外萬家燈火，襯得住院大樓頂端那抹紅十字格外的孤寂。

好在一切順利，術後七天的禁食期，雲連飛除了氣色有些不大好，身體其他各方面都算穩定。

年三十那天傍晚，方淼提著大包小包從家裡趕了過來，一進門就問：「叔叔怎麼樣？」

雲連飛還在睡覺，雲泥接過她手裡的東西，壓著聲說：「還行，元宵後應該能出院。」

病房是方淼學姐幫忙安排的雙人病房，同房的另一位病友趕在過年前出了院，床是空著的，方淼靠著床沿坐下來，「叔叔現在能進食了嗎？我帶了點補湯和鮮奶。」

「能吃一點，等他醒了我去熱一下。」雲泥問：「妳今年又不在家過年，妳爸媽沒說什麼嗎？」

「說不說我都不樂意在家過年。」方淼和父母的矛盾非一日之寒，也非一日能解，都是倔脾氣，誰也不肯先低頭。

雲泥緩緩嘆了聲氣。

方淼倒是不怎麼在意，「我去看看學姐，順便送點東西給她。」

「好。」

晚上，雲連飛睡醒，雲泥去醫院餐廳外帶了些餃子，三個人在病房看節目過了那個年。

夜深人靜時，雲泥翻來覆去的睡不著，拿著手機去了病房外，坐在休息大廳的長椅那裡翻著手機裡的祝福訊息。

都是群發式的祝福，但她還是一則一則的回覆，回完又點進那個熟悉的頭貼訊息紀錄停在一月二十三號那天。

她沒有往上翻，而是像往常一樣，傳了一則訊息過去。

『新年快樂。』

方淼在醫院呆了三天，她人前腳剛走，梁岑後腳也來了趟醫院，初八那天早上，雲泥和她去了趟雞鳴寺。

年前時，她聽同病房的阿姨說雞鳴寺祈福很靈，一直想著抽空的時候過去一趟。

冬天的雞鳴寺不比春天櫻花盛開的時候，枯樹嶙峋，長道行人三三兩兩，略顯單薄。寺廟是單向通行，赭牆青瓦，沿著臺階走到最高點是觀音殿，雲泥和梁岑一路拜下來。

上完香進到廟內，兩人跪在佛前的蒲團上，閉上眼睛的那一刹，來往的人聲彷彿逐漸隱沒遠去。

這一年有得有失，失意之時更是常有，雲泥一不求錢財，二不為功名，只求心中所念之人平安順遂。

這一整年，雲泥依舊忙得腳不沾地，但也不算白忙，參加的比賽拿到了金獎，獎金頗豐，她也開始獨立帶隊參加比賽，在人工智慧這一塊逐漸變好，在大四下學期收到了多家知名大公司遞來的橄欖枝。

五月中旬，雲泥和梁岑都拿到了本校的保研名額，在室友忙著為實習和考研奔走的日子裡，她和梁岑抱著西瓜吹著風扇在宿舍寫畢業論文。

一晃四年風雨，好似那年夏天還是昨天的事情，卻不想那麼長的時間，如流沙般轉瞬即逝。

六月畢業論文口試結束，四年的同窗即將各奔東西，電腦學院一班的畢業聚餐定在六月二十四。

那一晚，雲泥喝醉了，在一行人鬧著要去KTV續攤時，她和梁岑坐在無人的街角抽菸。梁岑的菸四年沒換過牌子，但雲泥仍像第一次那般生疏，嗆人的菸味混著酒勁，她的眼淚彷彿流不完。

路邊有男生告白，將一首周慧敏的《最愛》唱的深情又動人，圍觀者無數，可惜結果卻不盡如人意。

女主角遲遲未露面，這一場告白鎩羽而歸，歌聲漸漸隱沒於遠去的人潮，只剩下繾綣的尾音。

梁岑夾著菸，隨便哼了兩句，「……沒法隱藏這份愛，是我深情深似海，一生一世難分開難改變也難再讓你的愛滿心內……」

關於她的故事，雲泥這四年聽了七七八八。

她的愛人，是愛而不得的人。

好像人這一生，遺憾總是多過圓滿，得到或失去，萬般皆由緣，半點不由人。

她和李清潭，迄今為止何嘗不也是一種遺憾，愛而不得是無可奈何，得到後又失去又是如何。

眼前這座城市日新月異，高樓大廈林立，繁華而喧鬧，不復往日的灰敗模樣。

櫻花敗了又盛，梧桐黃而又青。

十七歲那一年的盛夏，記憶裡鮮活而生動的少年，那一場熱烈而盛大的喜歡，好似所有的一切都只是她年少時做過的一場黃粱美夢，如今夢醒一場空，獨餘萬般惘然。

雲泥在淚眼朦朧裡慢慢想起來，這已經是李清潭離開的第四個夏天。

李清潭離開北京的那個夏天，在他們那個圈子鬧出了不小的動靜。

李老爺子去世之後，李鐘遠執意要送李清潭出國，父子倆爭執不斷誰也不肯讓步。

李清潭從家裡出逃又被抓住這件事在那天晚上傳得沸沸揚揚，後來不知怎麼了，牽扯出了他的身世。

李清潭是李鐘遠私生子這件事，跟李太太曾經夭折過一個孩子的事情一樣，知道的人寥寥無幾。

呂新去世之後，李鐘遠將他帶回北京，對外宣稱是當年那個夭折的孩子，只是當時被人掉包換走了，這才找回來。

李家在北京有名有權，這件事私下裡調查的人很多，但李鐘遠和李清潭的血緣關係是不可抹滅的，加之李太太也認了這個孩子，調查這事後來就不了了之了。

這次被有心人一挑撥，娛樂八卦都在報導，風言風語一時間傳遍了半個北京城。

李清潭知道李鐘遠為這事忙得焦頭爛額，試圖用它當底牌去和李鐘遠談判，換一個自由的機會。

當天晚上，父子倆爆發了有史以來最大的衝突。

李鐘遠怎麼也沒想到他會使這樣的手段，一怒之下，將人徹底關起來：「你現在翅膀硬了，我也管不了你，你就等著到國外自生自滅吧！」

李鐘遠做事雷厲風行，李家沒人能攔得住，李清潭甚至連一言半語都沒來得及留下。

剛被送出國的那半年，李清潭的護照和身分證都被扣在李鐘遠派來看著他的人手裡。

他沒有任何通訊工具，和國內斷了所有聯絡，不管走到哪裡都有人跟著盯著。醉生夢死過了大半年，他因為喝酒喝到胃出血被送進醫院，醒來在床邊看見李明月。

他沒說話。

李明月先開了口：「她知道你出國了。」

李清潭閉著眼睛，喉結輕滾，仍舊沒有說話。

「她去了中科大。」李明月說了很多，見他始終無動於衷，突然就紅了眼睛，「你這個樣子是給誰看？給爸嗎？他看見了只會更生氣，你這輩子都別指望回去了！」

「我能怎麼辦。」他終於開口，嗓子卻啞得驚人：「李鐘遠做事那麼絕，我一點轉圜的餘地都沒有。」

「爸做事絕，你又能好到哪裡去？」李明月恨鐵不成鋼：「你怎麼能用那件事去威脅爸。」

「我沒有辦法了。」吵過鬧過，什麼辦法都用了，只剩下這條命了，可他又捨不得，怕再也見不到她。

「你就不能先答應出國嗎？你好好的出國，爸何至於現在這樣連家都不讓你回？」

「這種事情有一就有二。」李清潭看著李明月：「他是什麼樣的人，妳還不清楚嗎？」

李明月一頓，別開頭抹了下眼睛，沉默了一下，語氣漸漸放緩：「我當初怎麼跟你說的，要先有成績才能有底氣去爭取自己想要的東西，你現在這樣任性，吃苦的還是自己，你就不想回去嗎？不想再見見她？」

他怎麼不想回去。

李清潭閉上眼睛，腦海裡閃過無數畫面，哭的、笑的、嬌嗔又害羞的，每一個畫面都足以讓他那顆死寂許久的心一遍又一遍地活過來。

他喉結滾動，情緒翻湧，眼淚落得無聲無息。

那一個午後，李明月終身難忘。

她的弟弟，那個從六歲長到二十歲，經歷過這世上最痛的苦難，卻永遠熱烈又赤忱的少年，在墨爾本夏日燦烈而耀眼的陽光裡，第一次在她面前放下一身傲骨，像個沒有任何辦法的孩子，哭紅著眼睛說：「姐，妳幫幫我吧。」

李明月在墨爾本停留了半個月，替李清潭重新找了高中。

最開始那三年是最辛苦的，他急著成長，急著想要做出一番成績，想成為能夠有底氣和李鐘遠談判的大人。

不分日夜的念書，按部就班的參加考試，考入名校。

在大學的第二年夏天，李清潭修滿了學分提前畢業，進入了當地一家投資銀行工作。

那一年他二十三歲，僅用半年時間便從分析師晉升為高級分析師，未來前途無限，羽翼日漸豐滿。

二〇一六年的冬天，李清潭回了趟北京。

李家這幾年發生了不小的變化，李清風和妻子離婚又再婚，李明月也在前年成家。

如今只剩下李清潭的婚事。

飯桌上，李太太冷不丁提起這件事，提起幾個世家千金，李鐘遠自作主張替他定了一場相親，「妳安排吧，他也到年紀——」

「我不需要。」李清潭將筷子拍在桌上，發出不小的聲響。

李鐘遠眸光淡淡，「在國外待了幾年，你連最基本的教養都忘了是嗎？還有沒有一點規矩？」

李清潭不想廢話，「我不需要相親，我回來也不是為了去見那些所謂的千金大小姐。」

「不見她們也行，至於你心裡想的那個——」李鐘遠毫不留情地擊碎他的希望：「你想玩想談多久戀愛都可以，但結婚不行。你未來妻子的人選，無論是出身、品格還是資歷，都要與我們家門當戶對。」

李清潭目光筆直地看過去，是銳利的，也是氣憤的，「那我媽呢？我媽又是什麼？」

李清潭的生母是這個家裡的忌諱，李明月皺著眉在桌底踢了下他的小腿，「你閉嘴。」

可話已經說出口，已然沒有迴旋的餘地。

李鐘遠放下筷子，神情不怒自威：「犯過一次的錯誤，我不會再讓我的兒子犯第二次，你現在的母親姓譚，這件事我還要教你多少遍，你才能記住？」

李清潭站在桌旁，努力控制著拳頭才沒做出大逆不道的事情，「李鐘遠，你真讓我噁心。如果有選擇，我情願我從來沒有出生過，也不想讓我媽再遇見你這種人。」

這一趟是他癡心妄想，不該抱有不切實際的念頭，用自己拚了命換來的底氣去和李鐘遠這樣的人談判。

李清潭對這個家已經沒有任何念想，唯一記掛著的也就只有給過他溫暖和庇護的李明月。這份情他會還，但這個家，他已經放棄了。

「我不會再回來了，你和這裡的一切都讓我噁心。」李清潭一字一句道：「我的母親只有一個，她叫呂新。」

李鐘遠看著他踢開凳子往外走，「你給我站住！」

李清潭不管不顧，走到門口時卻被李鐘遠的祕書攔住，他手裡拿了一份資料，「小少爺，我建議您先看看這個。」

文件袋沒有封口，李清潭才抽出來三分之一，看見右上角熟悉的一寸照，眸光一變，猛地回過頭死死瞪著李鐘遠。

他臉側的咬肌緊繃，聲音像是擠出來的，「你想做什麼？」

李鐘遠還坐在那裡，「我想做什麼，取決於你要做什麼。」

「你他媽——」李清潭氣血翻湧，頸間青筋凸起，拳頭在瞬間捏緊，對著一旁玻璃櫥窗砸了過去。

玻璃碎了一地，在燈光下折射著細碎的光點，可李明月卻在那一刻清晰的看見他眼裡的光一點點滅掉了。

李清潭站在那裡，手指指節被劃破，鮮血一點一滴匯聚成一小灘，泛著刺目的紅。

「你就當我死了吧。」

他極為冷靜的說完這句話，抬手甩掉手裡的文件袋，在數十張A4紙的漫天飛舞中，頭也不回地走了。

李清潭連夜回了墨爾本。

那之後很長的一段時間他都沉浸在無法自拔的痛苦當中，他開始失眠，精神狀況也每況愈下。

白日裡繁忙的工作可以擠壓掉那些尖銳的刺痛，可每當深夜來臨，那種無孔不入的失落和絕望卻也足夠將他淹沒。

他變得鋒利、沉默，抽菸酗酒，身體被搞垮了一次又一次，可每當走到退無可退的地步時，心裡總有個念頭抓著他。

他陷於絕望和希望交織的複雜情緒裡，像是翻山越嶺歷經了萬千劫難最後卻走到一處懸崖邊。

既想絕處逢生又想要一了百了。

他在賽車風馳電掣的速度裡找到了相同的感覺，那之後很多個失眠的深夜裡，盤山公路上的引擎聲和風聲都是見證者。

李明月接到李清潭電話的那天晚上，他有一場比賽，她知道他這兩年開始玩車，也沒在意。

直到聽見那一句，她整個人倏地僵在原地。

聽筒裡有很遠的海浪聲和很近的音樂聲，他的聲音夾在其中不甚明晰，沒有絲毫的情緒起伏，像是一灘沉寂許久的死水，卻又妄圖掀起最後一絲波瀾。

『是生是死，我都要回到她身邊。』

第十二章 相見

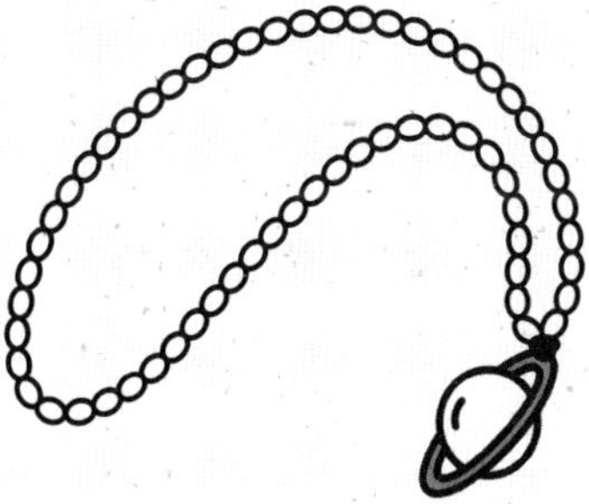

雲泥有一年最忙的時候，一天到晚泡在實驗室裡，一遍又一遍測試程式碼運行，手機放在口袋裡兩三天才想起來充一次電。

有一次通宵趕進度，她又忘記幫手機充電，關機放了一宿，等第二天充上電開機，才看見有一通從國外打來的未接來電。

她手機沒有開通國際漫遊服務，電話回撥不出去，等到去通訊行開通再查到號碼歸屬地回撥過去時，對方卻已經關機。

後來學校出過一次學生接到國外打來的電話，結果戶頭裡的錢全被劃走的案子。梁岑說她運氣好沒接到，不然很可能也是詐騙電話。

但那通電話在雲泥心裡始終就像根小刺一樣戳在那裡，儘管知道是李清潭的希望很渺茫，可她從那天起，手機沒再關過機，連睡覺和上課都開著震動。

一年兩年，一連好幾年過去，她接過無數通電話，其中不乏騷擾電話和詐騙電話，卻仍一無所獲。

研一那年，雲泥換了手機，陌生來電可以顯示號碼歸屬地。

她在某天深夜接到過一通和那通電話同樣歸屬地的來電，聽筒裡的陌生聲音在一瞬間將她所有的堅持和希望擊潰。

那是失去李清潭消息的第五個夏天，雲泥不再對陌生來電抱有幻想，不再提心吊膽怕錯過任何一通電話。

她甚至有過，這一生都不能再與他相見的念頭。

她在寺裡替他求了一年又一年的平安，祈盼他在相隔萬里的陌生城市事事順遂。

也許她的誠心足夠得到上天庇佑，二〇一八年的冬天，雲泥從雞鳴寺回來的路上，接到了一通電話。

看見來電顯示是墨爾本時，她有過一秒的停頓，明知不可能卻還是抱有萬分之一的可能接通了。

窗外藍天白雲之下，高鐵急速穿行在城市高樓和鄉村田野之間。

聽筒裡的聲音對雲泥來說依舊陌生，但那句熟悉的開場白卻像是有人拿著錘子似地，將那幾個字一個一個地砸進了她的耳朵裡。

——『我是李清潭的姐姐。』

那聲音平靜而沉緩，一如五年前那個被暴雨席捲的盛夏帶給她絕望，卻又在這樣的凜冽冬日裡送給她希望。

那之後很長一段時間裡，雲泥都是混亂的，等回過神時，人已經從廬城輾轉抵達上海，在機場等著飛往墨爾本的航班。

在飛機上的那十一個小時裡，她想起大四畢業那個喝醉的夜晚做過的一個夢。

那晚的最初，雲泥沉浸在酒精的催眠裡，眼淚流乾了，人也睡著了，卻在迷迷糊糊之間被人叫醒。

「學姐，快醒醒，別睡了。」

大學這四年裡她很少有那麼熟睡的時刻，被人擾了清夢有些不快，睜開眼看見站在眼前的人時，睡意一下子沒了，「李清潭？」

他皺著眉，語氣責怪：「妳怎麼趁我不在喝了那麼多酒？梁岑呢？我讓她看著妳，她怎麼把妳一個人丟在這裡。」

她還陷在夢與現實之間，眼尾沾著酒意的紅，「……你不是在國外嗎，你怎麼認識梁岑？」

「什麼國外？梁岑不是妳室友嗎？」李清潭揪了下她的臉，輕笑：「妳這傢伙，怎麼喝多了淨說胡話呢。」

臉頰上的痛感清晰，雲泥愣在原地，像是有些不敢相信，眼淚跟著「啪嗒」落下來。

他無奈笑了下，蹲在她面前，「怎麼還哭了啊。」

「我剛剛做了一個夢。」雲泥覺得委屈極了，「我夢到你出國了，我怎麼都找不到你。」

他抓著她的手放到自己臉上，「我不是在這裡嗎，妳看，我哪裡也沒去，我怎麼會捨得讓妳找不到我。」

夢裡的一切都太過清晰，那種失去他所有消息的絕望和無助也格外深刻，她眼淚越掉越多，像是要把夢裡的那些委屈全哭完。

後來哭得累了，她趴在李清潭背上，低頭聞到這人身上熟悉的氣息，手臂忍不住又摟緊了些。

李清潭仰頭笑，「鬆開一點，要被妳勒死了啊。」

雲泥卻不敢，怕一鬆手他又不見，睡著之前嘴裡還念著「不鬆」，他又說了什麼，她沒聽清，閉上眼睛沉沉睡了過去。

「……等飛機完全停穩後，請您再解開安全帶，整理好手提物品準備下飛機……」

機艙內傳出的廣播聲，將雲泥再一次從那個夢中驚醒。

時隔一年，她仍記得第二天醒來的那個早上。

宿舍空無一人，陽光正好，窗外遠處傳來忽隱忽現的嘈雜人聲，她坐在自己床上，臉頰上的痛是假的，他說不會讓她找不到他是假的，就連夢裡的他都是假的。

夢裡虛驚一場的欣喜和醒來後得而復失的絕望，如同被藤蔓緊緊攀附過的枝幹，留下的痕跡是那樣深刻和清晰。

飛機抵達墨爾本是北京時間五點二十，當地時間是七點二十。

雲泥從機場出來，直至坐上李明月派來接她的車子，也依然有種不真實的感覺。

車子駛過這座城市的大街小巷，她看著窗外的藍天白雲，想像著他在這裡走過的每一個白天黑夜。

起飛之前，雲泥曾和李明月通了一段很長時間的電話，她說李清潭這五年過得並不好。

說他自暴自棄過大半年。

說他脾氣變得暴躁，人也變得冷漠。

說他出了一場很嚴重的車禍，在命懸一線時叫了一聲她的名字，如今還沒度過危險期。

他叫她名字時，她還在遙遠中國的寺廟裡，向菩薩祈求保佑他一生平安。

而如今她站在這裡，和他不過一牆之隔，他卻躺在那裡生死未卜，連平安都是奢望，又何提一生。

雲泥從很久之前就不喜歡醫院，她覺得醫院的燈光又冷又亮，照得人臉上的絕望和難過都無處可藏。

李清潭在兩天前的夜裡出事，那一場比賽壓上的不僅僅是輸贏，還有他的一條命。結局是慘烈的。

他只差一點車毀人亡，在手術室待了十多個小時，全身多發性損傷，能不能醒過來還是個未知數。

病床旁放著很多儀器，雲泥甚至看不清李清潭的臉，只能看見他放在被子外面的那隻手。不復往日的白皙和乾淨，手背上、能看得見的指節、骨節全布滿了斑駁的傷痕。

他就那麼躺著，和記憶裡鮮活而生動的人截然不同，可他卻還是他，是那個讓她喜歡上又念念不忘了這麼多年的李清潭。

是她刺在皮膚上，卻同時也刻進心口和骨子裡，那個永遠不會褪色和消失的李清潭。

眼淚在一瞬間湧出來，她慢慢彎腰蹲下來，壓抑著哭聲。

這一路上的擔驚受怕和這五年裡所有的想念和難過，都在這一刻成為像是壓死駱駝的最後一根稻草，將她咬牙緊繃的情緒壓垮。

李明月從院長辦公室下來時，看到的就是這一幕。

女生低著頭蹲在安靜空曠的走廊，一隻手枕在膝蓋上，一隻手抓著加護病房窗戶的邊沿，像是抓著救命稻草那般用力。

陽光從另一邊落進來，勾勒著她單薄而堅韌的背影。

李明月的眼眶立刻紅了起來，別開眼呼出一口氣，才慢慢走了過去。

雲泥聽見腳步聲，抬起頭時，李明月彎腰將她扶了起來，兩個人並肩站在那裡。

她的目光重新落到裡面，看著躺在那裡的李清潭，聲音還帶著哭腔，「我能進去看看他嗎？」

「還不行，他現在情況不穩定，要再觀察兩天。」李明月順著看了過去，沉默半晌，才緩緩道：「這些年他一直都很想妳。」

雲泥的眼睛還紅著，聽李明月提起這五年她不曾了解過的李清潭，頹廢的、沉默的、脆弱的，還有造成如今這副模樣的緣由。

她想像著他那一句「是生是死，我都要回到她身邊」的絕望，看著他躺在那裡渾身插滿儀器的模樣，眼淚再一次控制不住，順著臉頰滴落在手背上。

雲泥留在墨爾本的那幾天，李清潭的情況一直不太穩定，被送進去急救室兩次。直到她要走的前一天，才從加護病房轉到普通病房。

那天晚上，雲泥一直在病房陪著李清潭。

這場意外帶給他太大的傷害和太多的變化，他一直沉睡著，李明月說他瘦了很多。

雲泥沒有他這幾年的印象，看見每一個變化都只能和五年前的那個李清潭比較。

比如他的頭髮更短了，皮膚比以前還白，額頭又多了幾個疤，原先臉側有的那顆淡色小痣，現在已經看不見了。

她半蹲在床邊，拉住他的手，掌心是溫熱的，也很乾燥，手背上的傷口有點深，還沒完全癒合。

「李清潭。」雲泥把他的手貼在臉側，就像那個夢裡，他拉著自己的手貼到他的臉上。

她眼眶有些酸，「我要回去了。」

雲泥這一趟來得著急，學校還有一個專案在跟進，那是一整個團隊這一年來所有的努力。

她是主要負責人，沒有辦法撒手不管。

「你答應我，一定要等我回來。」雲泥看了李清潭一下，他的唇有些乾燥，她伸出手摸了一下，又俯身湊過去親了親。

閉著眼的瞬間，她的眼淚落在了他的睫毛上。

雲泥回到廬城後有很長一段時間都睡得不太好，閉上眼就是李清潭躺在病床上的樣子。

他的情況日復一日，始終沉睡著，李明月每天都會在通訊軟體上和她說一句李清潭當天的情況，內容不多，只有兩個字。

『平安。』

是啊，只要他還在那裡，哪怕一輩子都不會醒來，總比再也看不見摸不著還要好。

在墨爾本那幾天，雲泥常常會想，如果李清潭要是沒有認識她就好了。

不認識她，他不就會遇見吳征那樣的人，不會有後來那些亂七八糟的事情，會順順利利在廬城讀完高二平安回到北京。不會受傷、不用出國，不會有在墨爾本難熬晦澀的五年，也不會像現在這樣生死未卜的躺在醫院，他會永遠是那個驕傲又肆意的少年，一生順遂萬事順意。

她是他一帆風順的人生裡出現的一個漩渦，將他扯進來，卻又不能全須全尾的護著他。

可也許人生就是這麼的戲劇化，在故事的最開始遇見什麼樣的人，是沒有辦法選擇的事情，在故事的最後又錯過哪些人，也都是沒有定數的結局。

雲泥是李清潭人生裡無法躲避的漩渦，可他何嘗不也是她人生裡繞不開的一條岔路。

雲泥再去看李清潭是二〇一九年的一月中旬，走之前她陪雲連飛去醫院做了複查，安頓好之後，又一次跨越國境線來到他的城市。

那時候墨爾本還是夏天，天空疏朗高曠，李清潭的病房離海岸線只有幾百公尺，溫熱鹹溼的海風從窗戶吹進來。

雲泥站在床邊，看護替他擦拭身體，臉、耳朵、後頸，在看護要去解他胸前的衣服時，她眉心一跳，忽然說：「我來吧。」

看護停下動作，像是理解了她的意思，沒說什麼，只是笑著把毛巾遞過去，提醒道：「會有點累。」

「沒事。」雲泥接過毛巾，重新弄溼擰乾，「這段時間辛苦您了。」

「做這行，沒有不辛苦的。」看護是墨爾本本土人，會說很流利的中文。在被暫時接替了工作之後，她拿著水壺走出去。

李清潭的情況已經穩定下來，只是人一直沒醒，醫生說是車禍時大腦受到了撞擊，現有的醫學技術只能保證平安，卻無法給出準確的甦醒時間。

李明月之前一直待在醫院，看了太多穿著病人服去世的的人，總覺得忌諱，不想李清潭一直穿著那身衣服，於是從家裡帶了幾套睡衣過來。

昨天是藍灰色格子紋，今天是絲綢的深藍色，襯得他的皮膚格外白。

他的臉色也比上一次見面時好了很多，手背上的傷口也已經脫痂，只剩下一點淡淡的痕跡。

雲泥低頭解著睡衣的釦子，一開始心無旁騖什麼也沒察覺，解了一半，指腹在不經意間碰到他溫熱的皮膚，動作一頓。

她很緩慢地抬起頭。

李清潭還是那副安靜的模樣，長而密的睫毛在午後陽光的照耀下，在眼側留下一道有弧度的陰影。

她收回視線，看著他隨著呼吸一起一伏的胸膛，臉忽然燒了起來。

那一場車禍到底還是讓李清潭留下了不可磨滅的痕跡，他的身上有很多一小條或是一小塊的傷疤。

他皮膚白，以前像一塊還未經打磨的美玉，透著純粹乾淨的光，而如今卻布滿了裂痕。

雲泥摸了摸他胸前最深的一道，眼睛有些酸，低聲問：「李清潭，你疼不疼啊？」

沒有人回答。

她輕嘆了聲氣，替他將睡衣的釦子重新扣好，伸手去解睡褲的帶子時，卻下不去手了。

「算啦，我不趁人之危。」雲泥自言自語，退到窗邊站著，臉上的熱意被海風吹散。

等到看護回來，她從病房裡走了出去，坐在走廊的長椅上。

李明月從外面回來，「怎麼在外面坐著？」說完往裡看了眼，又笑：「不好意思啊？」

雲泥臉熱，伸手撓了撓，反駁得沒有說服力，「不是。」

李明月也沒多打趣，也坐了下來，「我打算等國內天氣暖和點的時候帶他回國，一直待在這裡也不是辦法。」

墨爾本和中國跨越兩個半球，距離相隔萬里，雲泥每次都是傍晚出發，清晨才抵達。

那麼遠的距離，讓她在廬城的那一個月裡只有收到李明月的訊息時，才能稍微的放下心。

可是回到北京——

雲泥臉上的欲言又止被李明月察覺，她輕輕笑了下：「妳放心，這一次我不會再讓妳見不到他了。」

李清潭在出事之前也曾打過一通電話給李鐘遠，李鐘遠還以為他又要胡來，在家裡大發脾氣。

可李明月了解李清潭，她和李鐘遠大吵了一架，「你非要把他逼死你才滿意嗎？他沒有說錯，做錯事的明明是你，可你卻讓他來為你承擔這份錯誤。如果他這一次真出了什麼事，我希望您不要後悔。」

李鐘遠沒有想到李清潭真的會做到那一步，就像他相信自己永遠可以掌控所有的事情。

可李清潭用一場無法挽回的車禍打破了他所有的自以為是。

李鐘遠這一生唯一做過的錯誤選擇，用那麼慘烈的結局給了他當頭棒喝，讓他終於意識到，這麼多年來，他到底都做了些什麼。

接下來半個多月，雲泥每天都待在醫院，偶爾週末時，看護會將自己還在上小學的女兒帶過來。

小女孩的中文說的不流暢，坐在床邊磕磕絆絆讀著童話故事。

要回國的那天，雲泥又搶了看護的活，溫熱的毛巾從李清潭的額頭、眉毛、眼睛一點點擦過去。

忙活完，她從抽屜裡翻出剪刀，替他修剪了頭髮，只是能力不夠，剪完才發現東邊長西邊短，像個刺蝟。

她忍不住笑了，擦掉他臉上的碎髮，安慰道：「不過還是很帥。」

雲泥笑完又靜靜看了他一下，而後俯身將唇印到他唇上，一秒兩秒，甚至更久。

兩個月零三天，李清潭還是沒醒。

這世上沒有童話裡的奇蹟，睡美人被王子一吻親醒，她都偷偷親了他那麼多次，可他卻依然沉睡著。

她沒有太多希望的情緒，拉著他的手，用盡量聽不出太多擔心的語氣說：「我走啦，你要好好的。」

傍晚時分，海平面上墜著一輪紅日，橙紅的光落進沒開燈的病房裡，門被人輕輕關上。

走廊上傳來低低淺淺的說話聲，誰也沒注意到病房裡那個沉睡著的人，手指輕輕顫動了兩下。

像是在挽留，抑或是不捨。

雲泥回國過完春節，之後又去了一次墨爾本，那次待的時間很短，只有三天。

那一趟回來之後沒多久，李明月得到醫生准許，從國內帶了一批醫護人員，用專機將李清潭帶回了北京。

那是一個草長鶯飛的季節，她從實驗室出來，走在人潮湧動的校園裡，收到了李明月傳來的訊息。

『已抵達，平安。』

雲泥回完訊息收起手機，快步走完最後幾級臺階。

校園裡的櫻花還不到花期，枝幹上全是碧綠的花蕾，含苞待放的等著一場春風的降臨。

她突然想，等到下一次見面時，一定要摘下春天的第一抹顏色送給他。

三月末到四月初，雲泥一直帶隊在上海參加人工智慧大賽，她從大學開始就一直專攻這一方向，如今也取得了不少的成績。

這一趟收穫頗豐，賽後組委會舉辦的慶功宴上，她被組裡的學弟學妹起鬨敬了幾杯酒，酒勁上來時人有些暈，沒再參加後面的活動，先回了飯店的房間。

她回去洗了把臉，躺在床上看手機時，看見方淼半個小時前更新了一則動態。

是一張合照，男生露了半個側臉，但也足夠驚豔，她被男生圈在懷裡，笑得很動人。

她和鐘焱的事情，雲泥直到大四畢業那年才知道，那時方淼和家裡徹底決裂，在她家裡住了大半個月。

方父方母不同意她和鐘焱來往，方淼這兩年基本上都沒回過家，一直在外面漂著。

對於她和鐘焱的事情，雲泥也沒有多加評價，在那則動態下發了一句恭喜，便退了出來。

陽光落了滿屋，她迷迷糊糊睡著，又被電話吵醒，抓起來放在耳邊，等到聽清是誰，睡意瞬間沒了。

李清潭醒了。

在這通電話的半個小時前，在他昏睡了半年之久，在櫻花花期來臨之時，他醒了。

雲泥愣了一下，心一下子飄了起來，「我現在過來。」

李明月又說了什麼，她甚至沒有聽清，被僅存的意識拉扯離開飯店，在高鐵出發之前，她看見站內LED螢幕上一閃而過的畫面，忽然又想起什麼，匆匆改簽回了趟廬城。

大一那年暑假，雲泥曾經跟著周教授來過一次北京。

那時候李清潭剛出國不久，她站在這座他曾經生活過的城市，強烈的陽光和沉悶的風，心臟強烈收縮帶來的窒息感，幾乎讓她快要溺斃在那個夏天的午後。

後來，雲泥因為比賽又陸陸續續去過幾次北京，但沒有哪一次，能像現在這般歡欣雀躍。

高鐵穿梭在藍天白雲之下，她帶著春天的第一抹顏色，去奔赴一場愛的相見。

高鐵抵達北京已經是晚上，京城三四月的風還帶著幾分涼意，像是還未完全從凜冽冬日裡抽離，冗長的車流貫穿整座城市，高聳入雲的辦公大樓裡亮如白晝，隱約還能看見走動的人影。

從車站到醫院大約有一個半小時的車程，塞在路上時雲泥又和李明月通了一次電話。

李清潭是下午那時醒的，經過一連串的檢查後身體已經沒有什麼大礙，只是人昏睡久了精神還沒緩過來，醒了沒過多久就又睡著了。

李明月的語氣聽起來顯然要比前段時間輕鬆許多，還有心思和她開玩笑：『妳別擔心，他沒什麼事，沒聾沒瞎也沒失憶。』

雲泥笑了聲，心裡像是落下一塊大石，酒醉帶來的頭暈感在此時又重新湧上來。

結束這通帶了幾分報喜意味的電話，她看著這座光怪陸離的城市，坐在後排靠著窗戶睡了短暫而踏實的一覺。

李清潭住在城西的一家高級療養院，院內綠樹林立，彎月倒映在寬闊的人工湖面上，白牆紅瓦的幾棟樓建在人工湖四周，遠離了城市的喧囂和紛擾，在寂靜的夜裡亮著明亮的光。

李明月接到雲泥電話，從樓裡出去，遠遠看見她手裡拿著一樣東西，走近了才看清是櫻花枝條。

她驚疑：「妳從哪裡摘的？這院裡我來來回回進出幾趟了，也沒見到哪裡有櫻花。」

「我從廬城帶過來的。」枝條經過一路的顛簸，花瓣有些蔫蔫的，雲泥摘掉一些快謝掉的花瓣攥在手裡，「他醒著嗎？」

「沒呢。」李明月帶著她往樓裡走，「他之前睡了太久，身體各方面機能都還沒恢復過來，不過醫生說等這一覺醒，後面大概就不會再出現這樣的情況。」

雲泥鬆了口氣：「那就好。」

兩個人進了電梯，上到四樓，李清潭的病房在走廊的最南邊，比在墨爾本的房間還大，有廚房和兩間客房，窗戶正對著人工湖，可以看見遠處高樓大廈斑斕閃耀的燈光。

他還是那麼躺著，之前被她剪毀了的頭髮又重新長出來，垂在額前耳後，呼吸平穩，臉又白又乾淨。

雲泥走到床邊，蹲下來碰了碰他的手，小聲說：「欸，你怎麼比童話故事裡的睡美人還能睡啊。」

李明月聽見了，輕笑，「妳可別讓他聽見美人這兩個字。」

「嗯？」

她倒了杯水遞給雲泥，兩個人走到外屋，李明月邊翻箱倒櫃找東西邊說，「他小時候怎麼說呢，長得特別漂亮，不像男孩子的那種漂亮，鄰居小男生在私底下都叫他小美人。有一次不小心被他聽見了，他把那個男生按在地上打了一頓，嚇得人家後來見了他就跑。現在長大了，反而沒有以前那麼可愛了，倔的跟頭驢一樣。」

雲泥笑著說：「他現在也很漂亮。」

李明月不知想到了什麼，搖頭失笑，從櫃子翻出一個玻璃瓶，裝了半瓶水，把雲泥帶來的櫻花枝條放了進去。

李明月晚上沒留宿，走之前交代道：「妳晚上就住在這裡吧，右邊那間臥房是我平時過來休息住的，裡面洗漱用品都有新的，妳有什麼需要就跟阿姨說，我明天一早有個會，晚上就不在這裡陪妳了。」

「好。」雲泥送她到樓下，再回到病房，將那個插著花的玻璃瓶放到了李清潭床邊的小櫃子上。

月光洋洋灑灑落進屋裡，她坐在一旁，說起沒見面這一兩個月發生的事情，「周教授前幾天問我還要不要繼續讀博士，我還沒想好，想繼續深造又不想一直留在學校。梁岑前幾天又去刺青了，我也去了，不過我沒刺，刺青實在太疼了，我受不了。」

「你還記得鐘焱嗎？就是高中時候我們一起救過的那個男生，他和方淼在一起了，我今天還刷到了他們的合照。」

「李清潭。」

她低頭趴在床邊，看著他的臉，月色漸沉，說話也越來越低，「我真的好想你啊……」

雲泥是被第二天的太陽曬醒的，屋裡的窗簾拉了一半，北方春日的陽光亮堂堂的，格外刺眼。

她起先還沒意識到自己在什麼地方，等看見床邊放著的櫻花枝條時，猛地起身坐起來。

病房裡和昨天來時沒有太大的變化，唯一不同的是，原本該睡在這張床上的人變成了她。

李清潭呢？

雲泥匆匆穿上鞋，連鬆開的鞋帶都顧不上，拉開門，客廳站著的坐著的全回頭看過來。

她誰也看不見，目光全被坐在沙發上的人吸引，握著門把的手隨著逐漸無法平穩下來的呼吸用力到指尖都在發白。

他醒著的樣子和睡著的樣子差別不大，穿著鬆垮的T恤，人很瘦，眉骨顯得深陷，輪廓變得清晰。

漆黑的眼隔著重重人影直勾勾地看了她半晌，微白的唇動了動，聲音像是跨越了山河，被春風送到了她的耳邊。

「學姐。」

她有多久沒聽過他的聲音了，雲泥也記不得具體的數字。大二那一年，她回三中演講，離開時被一道熟悉的聲音喚住，時間過去這麼久，她已經不記得那個男生的長相，卻始終無法忘記聽見那道聲音時整個人像是被什麼定住一般的感覺，以及轉過身卻發現不是他時那種大起大落的欣喜和失落，在這五年裡就像是藤蔓一樣緊緊攀附在她心裡。

讓她不能忘，也無法釋懷，甚至在此刻，也讓她有一瞬間分不清這是現實還是在夢裡。

病房裡沒有人說話，始終安靜著，雲泥站在那裡，聽到他的聲音，心跳像是停了一瞬。

那些曾經在分開的日子被她反覆想起的回憶猶如放電影一般，一幕幕飛快地在腦海裡閃過。

「學姐。」

「好巧啊，學姐，又見面了。」

「學姐，介不介意再收個學生？」

「那麻煩學姐，今天請我吃頓晚飯怎麼樣？」

「學姐，我回來了。」

「以後，我會一直保護妳。」

「這首歌，送給一個重要的人。」

「妳就是我的 Charon。」

再到如今。

這一聲「學姐」雲泥等了五年，人生那麼短，她曾經一度對重逢失去希望，以為這一生都不能再與他相見。

可他又出現在這裡，溫柔又安靜的看著她。

雲泥終於意識到這不是一場夢，和他靜靜對視著，眼眶慢慢變得通紅，在眼淚落下的一瞬間，她別開了視線。

李明月悄悄叫走了病房裡的其他人，門開了又關，屋裡只剩下他們兩個人。

李清潭剛醒來，腿腳還有些不便，只能坐在沙發那裡，無奈又沒有任何辦法的看著她流淚，心口傳來一陣針扎尖銳的刺痛。

這五年，她的變化不多也不少，好像長高了一點，變得更漂亮了，昏迷那半年，他並非全無意識，每次快要陷入無窮無盡的黑暗裡時，耳邊總是傳來她低淺的啜泣聲。

那一聲聲繾綣而飽含深情的「李清潭」，生生將他從暗無天日的世界裡拉回來。

他開口，聲音有些低啞：「學姐。」

雲泥沒有嚎啕大哭也沒有失控崩潰，只是無聲無息地掉著眼淚。

她聽見李清潭的聲音，低頭抹了抹眼睛，走到沙發旁蹲在他面前，眼眶通紅，聲音帶著流過淚的澀啞，「李清潭，你真的太討厭了。」

他應聲，握住她的手，語氣很輕：「對不起。」

「我現在不想原諒你。」雲泥把手抽回來，紅著眼睛很慢地說：「沒有你這樣談戀愛的。」

她語無倫次的控訴，從分開到見面，這五年她有太多話要說，可真當要說起，卻全都是思念的痕跡。

「是，是我不對，我沒有經驗，妳教教我。」李清潭垂著眸，清瘦而挺拔的肩背遮住清晨亮眼的陽光。他重新拉住她的手，把人拉近的同時俯身靠過去，低頭靠在她耳邊說：「一兩天是學不會了，我願意學一輩子。」

擁抱的溫度格外真實，真實到讓雲泥依舊沒有辦法控制眼淚，滾燙的淚水順著滴落到他的頸間，潮溼又溫熱。

李清潭閉著眼睛，聲音竟也有些哽咽，「這五年，我一直很想妳，我知道我這樣的決定很自私，但我沒有辦法了，對不起。」

他抗爭過也努力過，結果全都不如人意，只剩下這條命，以前捨不得，怕再也見不到她，可到頭來，也只剩下這條命是最後的底牌。

他用了最蠢的辦法去賭一場生死未卜的相見，好在上天庇佑，給了他最好的結局。

李清潭鬆開了些距離，微低著頭彎腰，視線和雲泥平齊，指腹抹掉她臉頰的淚，語氣溫和又平靜：「我害怕再也見不到妳，因為那樣，活著比死還難受。李鐘遠說我沒用，一個大男人只知道為了愛情要死要活，我承認我是沒用，但喜歡妳，和妳在一起，是我這輩子做過的最好的事情。」

「我不後悔。」

「人為財死鳥為食亡，我的願望很簡單，我只想回到妳身邊，無論以什麼方式。」

第十三章　永遠

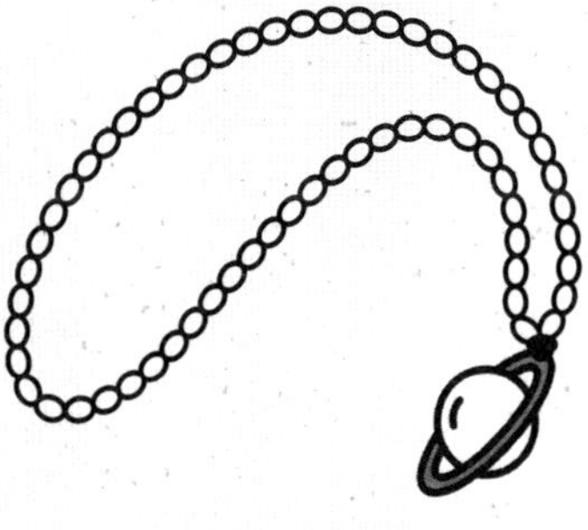

李清潭的身體還沒完全恢復，車禍帶來的後遺症不僅僅只有那半年多的昏迷不醒，還有其他方面的問題，但好在都不是什麼特別嚴重的情況，療養院為他做過一次綜合檢查後，制定了一套完整而詳細的復健計畫。

雲泥留在北京的那幾天，李清潭進了復健室兩次，第一次她陪著進去待了三個小時，有看護和醫師在，她也幫不上什麼忙，就站在旁邊等著。

春日萬里晴空，落地窗外的陽光從明亮步入昏黃，兩層樓高的楊柳在風裡搖曳著。

整個復健過程李清潭都沒怎麼說過話，只有復健師問他才會回幾個字，但雲泥從他緊蹙的眉頭，以及臉側咬肌緊繃出的弧度還是可以看出他的吃力。

中途有十幾分鐘的休息時間，看護扶著李清潭坐到輪椅上，大概是第一次復健，他看起來很累，滿頭大汗。

雲泥倒了杯溫水遞給他，「還好嗎？」

李清潭「嗯」了聲，一滴汗隨著他眨眼的動作抖了下來，雲泥拿毛巾給他擦了擦：「再喝點水，你出了很多汗。」

他忍著腿上傳來難以言說的痠疼，又喝了大半杯水。

快結束時，雲泥的手機響了。她低聲和看護說：「我去接個電話，等一下你們先回去。」

「好的。」

她那通電話接了半個小時，回到病房時，李清潭已經洗完澡換了身乾淨衣服，躺在病床上睡著了。

雲泥沒去打擾他，輕手輕腳地關了門，走到浴室，阿姨在收拾李清潭剛換下來的衣服。

她問：「他回來說什麼了嗎？」

「也沒說什麼，就是說晚上不用準備他的晚餐。」阿姨抱著衣服：「是不是病了，我看著臉色不大好。」

雲泥想到什麼：「沒事，應該是復健累了。」

「那晚餐還要準備嗎？」

「不用了，晚點等他醒了我來弄，您忙吧，我去看看他。」雲泥又回到病房裡。

李清潭還是之前那個姿勢，被子蓋到胸口，一隻手臂橫在上方，另隻手臂垂在身側。

她在床邊坐了一下，一直沒等到他醒，起身去了外面，阿姨準備了單人份的晚餐放在桌上。

雲泥隨便吃了兩口，用電鍋定時熬了點粥，回屋洗完澡換上睡衣，第三次進了病房。

她走到床邊，拿起李清潭橫在被子上的那隻手臂，快速將被子掀起一角，人跟著躺了進去。

李清潭不知是累了還是怎麼了，整個過程都沒醒，呼吸起伏平穩，身上的氣息清淡，毫無察覺的任由她擺弄著。

她也沒太折騰，在他懷裡調整了一個合適的姿勢，又仰著頭湊到他下巴親了下，輕聲說：「晚安，李清潭。」

這一覺，兩人都睡到日上三竿。

先醒的是李清潭，他剛結束一場悵然若失的夢，視線和意識都還未清明，以為自己還在墨爾本那間偌大卻毫無人氣的別墅裡，孤獨的醒在每一個被海風吹醒的早晨。

然而，當他試圖動一下手臂，卻被手臂上壓著的重物引起注意，轉過頭看見她的臉。

他愣了兩秒，以為自己還在夢裡，又重新閉上眼睛，將人往懷裡扯，試圖將這一場美夢延續。

「欸。」懷裡的人卻突然開口：「要被你悶死了。」

李清潭這才徹底清醒，這不是夢，卻遠比夢還讓人沉醉。

他低著頭，對上雲泥不滿的目光，喉嚨輕滾，一股難以自抑的情緒湧上心頭，眼眶漸漸變得溼紅。

她被他的悲傷感染，心間隱隱作痛，好好的一個早上卻又被那些晦澀的過往覆蓋。

雲泥不忍再看，轉過身，背靠在他懷裡，抓著他的手指問：「這幾年，你有沒有夢見過我？」

「有。」李清潭從後面抱過去，低頭埋在她頸間，溫熱的氣息黏在那一側，胸膛緩慢而壓抑地起伏著：「很多次。」

雲泥被頸間潮溼的一片弄得心裡一酸，悶著聲岔開話題，問他都夢見了什麼。

李清潭這才停下來，腦袋向後撤了些，指腹慢慢摩挲著她的手腕，聲音還帶著幾分鼻音：「就像現在這樣。」

夢裡緊緊相擁的人，醒來卻只有他一人，反反覆覆，既享受著夢裡的歡愉，又要承受著醒來時那種抽筋剝骨的疼。

雲泥轉過來，變成和他面對面的姿勢，兩個人貼的很近，皮肉交換著溫度，呼吸糾纏。她用了點力抱住他，手在他後背輕拍，像是安撫：「我在這裡，現在這不是夢了。」

李清潭慢慢也收緊了手臂，閉上眼睛又睜開眼睛，反覆幾次，懷裡的溫度依舊真實。他胸膛起伏著，沉沉「嗯」了聲。

這一場失而復得的夢，終於在這個春日成為現實。

收拾好情緒，雲泥起床洗漱，李清潭不怎麼讓她插手照顧他的事情，她去叫了看護進來。等洗漱完，她把粥盛到桌上，他才換好衣服從房間裡出來，眼尾還有淺顯的紅意。

雲泥問：「你昨晚就沒吃，要不要吃點別的？」

「不用，就喝粥吧。」李清潭也不怎麼餓，吃了一小碗粥就沒有再動，雲泥只好幫他煎了兩個雞蛋。

早餐吃完也快十點了，兩個人一坐一站在落地窗前曬太陽，雲泥盯著他的腦袋，突然說：「我幫你剪頭髮吧。」

他的頭髮一直沒怎麼打理，現在已經長到快要遮住眼睛，之前被她剪毀了的那次，李清潭還沒醒，也不知道她的手法那樣差勁，只是看她興致勃勃，也沒拒絕：「好。」

雲泥從抽屜裡翻出剪刀，又讓阿姨找了一件外套披在他胸前，下刀前，李清潭忽然握住她的手腕：「學姐。」

「嗯？」

「妳幫人剪過頭髮嗎？」

「當然。」雲泥有些心虛的避開他的視線：「我剪過的，你放心好了。」

李清潭沒再說什麼，只是讓阿姨拿了鏡子過來，她剪一刀，他的臉色就沉一分。剪到最後，他放下鏡子，像是放棄了掙扎：「學姐。」

雲泥含糊應著：「啊，怎麼？」

「妳之前幫那人剪頭髮，後來真的沒和妳絕交嗎？」李清潭想不通自己十分鐘之前為什麼會相信她真的可以。

「怎麼會。」

李清潭不信：「妳到底幫誰剪過頭髮？」

「你啊。」

「？」

雲泥忍不住笑：「之前在墨爾本，我也幫你剪過一次頭髮，這次比上次——」她走到他面前仔細端詳了一下，「還要好看那麼一點。」

「……」

一上午鬧騰完，李清潭下午兩點還有復健，吃過午餐，雲泥準備睡一下，叮囑道：「你等下記得叫我。」

他坐在沙發上看書，聞言抬起頭：「妳睡吧，有看護跟著我。」

她腳步停下來，也沒強求：「那你晚上想吃什麼，我下午睡醒和阿姨去趟超市。」

「我不吃──」

「停，閉嘴。」雲泥想起以前的事情，從沙發旁撿了個靠枕丟過去，抱怨道：「就不能讓你點菜。」

他笑了聲，彎腰撿起掉在地上的靠枕，拍了拍放到沙發上，「好了，妳快去睡覺吧。」

「嗯。」

伴隨著房門關閉，李清潭垂下眼簾，臉上的笑意淡了幾分，而後便是長久的安靜。

直到有人來敲門，他才回過神深深嘆了口氣，低聲說：「請進。」

看護推開門走進來，將放在一旁的輪椅拿過來，李清潭掀開蓋在腿上的毯子，由著他人攙扶坐上去。

復健每次三個小時，要先從最基礎的站立開始，像幼兒學走路時一樣，一步一停，過程漫長且辛苦。

那種神經帶來的拉扯感，以及兩肢站地時的無力和麻痺感，讓李清潭倍感吃力，每走一步都像是踩在尖刀上。

結束時整個人像是跑了一場馬拉松，身上的衣服如同從水裡剛撈出來，人也累得不輕。

這已經是第二次，他還是和第一次一樣，話不多，沉默著練完三個小時，又被看護推回病房。

開門聲引起雲泥的注意，她從廚房出來，也沒問什麼，只說：「晚餐快好了，你要不要先洗個澡？」

「好。」李清潭看不出什麼情緒，讓阿姨拿了衣服，被看護推著進了浴室。

水聲響起時，雲泥才重新轉身進了廚房，阿姨又念叨著李清潭臉色看著不太好，準備明天熬點雞湯給他補補。

晚上吃飯時李明月也過來了，三個人坐在一起，李清潭最先放下筷子，她問：「你就吃這麼點？」

他臉色蔫蔫的，說話也沒什麼力氣：「不太餓，累了。」

「你怎麼聽著像生病了？」李明月伸手摸了下他的額頭，「也不燒啊，是不是最近復健太辛苦了？」

他抿了下唇角，眉頭微不可察地蹙了下，溫聲說：「還好，我沒事，就是睏了。」

他說累說睏，李明月也不好再說什麼，讓他先去休息，又壓低了聲問雲泥：「他怎麼了？」

「沒事，就是累了。」

「妳也不跟我說實話？」李明月驚道：「你們該不會吵架了吧？」

雲泥笑了笑：「沒有，他可能就是昨晚沒睡好，加上這兩天開始復健，太辛苦了。」

「好吧好吧。」李明月懶得問，吃完飯待了一下就走了，「妳什麼時候回盧城？」

「後天，學校裡還有點事情。」

「行，到時候我過來送妳。」李明月從病房出來，想了想，又繞去李清潭主治醫師的辦公室。

雲泥洗漱完換了睡衣，推開李清潭的房門，他還沒睡，坐在床邊看手機。

「不是說睏了，怎麼還沒睡。」她走過去，朝他伸出手：「沒收了。」

李清潭倒也乖，把手機放到她手裡，自動把旁邊的空位挪出來：「我姐回去了？」

「對啊，你又不陪她聊聊天。」雲泥將手機放到桌子上，關了燈，摸黑走到床邊。

李清潭抓住她的手：「這裡。」

她躺進被窩，後背貼著他胸膛，療養院的洗漱用品都是同個味道，清冽的薄荷香，但每個人的氣息是不同的，哪怕用了相同的沐浴露，經過各自氣息的沾染，又變成了兩種不同的香味。

他像是夏日暴雨過後的溼潤海風，而她更像是寂靜月夜的溫涼。

兩個人沉默相擁，雲泥把玩著他的手指，指腹悄悄搭到他的脈搏上，感受著他的心跳起伏。

她忽然說：「李清潭。」

他其實已經有點睏意，不僅是長時間復健帶來的疲軟，更多的是身體機能還未能恢復的後遺症。

聽到她的聲音，人又清醒了幾分，下巴抵著她腦袋蹭了蹭：「怎麼了？」

「我真的把你頭髮剪得很醜嗎？」

李清潭沉默了幾秒，最終還是違心回答道：「沒有。」

「那為什麼你姐姐剛剛走之前，還問我你在哪裡剪頭髮，讓我下次不要再帶你過去了。」

「她不懂審美。」

「欸！」她笑：「你這個人怎麼一點原則都沒有。」

「妳就是我的原則。」

她換了個姿勢，面朝著他，李清潭箍著她的手臂鬆了鬆，手搭在她肩側，掌心溫熱。

房間的窗簾遮光度很高，一點月光都未能露進來。

雲泥摸到他掌心，他皮膚細，這兩天復健握杆行走，掌心靠近指節根部那一塊被磨傷了。

她不敢用力碰，只是順著指尖一點點捏到尾端，捏完又換一根手指，「復健是不是很辛苦？」

「還好。」他氣息沉穩，聽不出什麼情緒變化。

「李清潭。」

「嗯？」

「你是不是不太想讓我看見你現在的樣子？」

這一次，他沉默了很久，在黑暗裡回握住她的手，十指相扣，聲音微微低沉：「有一點吧。」

他生來驕傲，很少有過這樣不體面的時刻，自尊心作祟，既不想讓她看見，又捨不得她走遠。

他低頭埋到她髮間，語氣有些無可奈何：「復健的時候很狼狽，不想讓妳看見。」

「那怎麼辦，你更糟糕的樣子我都見過了。」雲泥想笑又想哭：「你在墨爾本還沒有醒過來的時候，我去見過你幾次。你就躺在那裡，不能動也不能說話，我替你剪過頭髮、剪過指甲，還幫你擦過身體——」

「擦什麼？」他突然打斷。

「……」

「嗯？」李清潭加重了語氣，握著她的手也跟著用力：「學姐。」

雲泥輕「嘶」了聲，氣他總是不抓重點，把手抽了回來，翻了個身，氣鼓鼓說：「不知道，睡覺。」

李清潭卻不依不饒，低頭靠過來，在她耳邊又拖著尾音喊道：「學姐。」

她沉默。

「那妳豈不是早就把我看光了？」

「……」

啊！

救命！

雲泥回廬城的那天，北京下起了暴雨，排水系統依舊糟糕到讓人絕望，冗長的車流停滯在高架橋上半天才能挪動一小點，雨水拍打在車頂，劈裡啪啦的動靜更讓人心煩意亂。

李明月闔上電腦，望了眼外面的車流，扭頭問她：「感覺還要塞很長一段時間，妳買幾點的票，時間來得及嗎？」

「來得及，實在趕不上我再改簽。」雲泥打了個呵欠，昨晚和李清潭廝混到大半夜，早上醒來又折騰了一下，實在沒睡夠，倚著靠背打盹。

「這次回去什麼時候再過來？」

「可能要過一個月。」一方面是學校確實挺多事情等著要解決，另一方面她也想保護一下李清潭的面子。

他都那麼說了，她實在不忍心看他那麼難受，但又捨不得那麼久不見，一個月已經是極限。

李明月沒說什麼，只是盯著她不動，雲泥被她看得緊張起來，下意識坐直了身體，「怎麼了？」

「妳這裡……」李明月說著手也朝著目光所及之處伸過去。

她的工作性質使然，指甲乾乾淨淨，手上除了無名指有一圈素戒之外，並無其他東西，指腹溫軟冰涼，輕輕碰了下雲泥靠近耳後那一側。

——那裡有一處像是被蚊蟲叮咬的痕跡。

但李明月怎麼說也要稍長雲泥幾歲，很快意識到那是什麼，鬆開手，意味深長地笑了下：「療養院這麼早就有蚊子了嗎？」

雲泥：「……」

她臉有些熱，僵直著身體，嘴裡一邊含糊應著「是嗎好像確實有蚊子」，腦海裡卻不由自主想起昨晚的事情。

李清潭揪著她幫他擦身體那件事不放，抓著她的手臂左一聲右一聲的叫「學姐」。

雲泥不想理他，閉上眼睛半天都沒應聲。

他慢慢地也沒了動靜，溫熱的呼吸貼在她的腦後，節奏平穩。

也不知道過了多久，就在雲泥以為他已經睡著，剛想轉頭看一眼時，卻忽然在昏暗的光影裡對上他的目光。

她心跳跟著漏了一拍，聽見他低笑了聲，而後便低頭親了下來。

第一次親的位置有些偏差。

在嘴角。

但很快，他又找準方向，咬著她的唇角一點點親回來，直至兩瓣唇徹底貼合在一起。

兩種截然不同的氣息糾纏在一起，像是寂靜月夜的海風，在暴雨過後的平靜海面上搖搖晃晃蕩起圈圈漣漪。

「……李清潭。」她的聲音輕軟，帶著難以自抑的低喘，緊扣的十指被捏出很深的痕跡。

他沉沉應了聲，在她耳後落下一串細碎的吻，潮溼的、炙熱的，猶如海風過境，很快又風平浪靜。

雲泥越想臉越紅，李明月越發覺得現在的年輕人真好笑，不過是一點吻痕，也能羞成這樣。

她沒有再打趣，搖頭失笑。

也許是心有靈犀，雲泥方才想著他，沒多久便收到了他的訊息。

『到車站了嗎？』

『還沒。』

『我剛剛想起來一件事。』

『什麼？』

『我在妳包裡放了幾個OK繃，妳記得遮一下耳朵那裡。』

『……』

雲泥不想再和他說話了，甚至「惱羞成怒」之下，把之前打算推掉的一個專案接了下來。

什麼一個月，她接下來一年都不想過來了。

到車站後，雲泥從地下停車場直接上樓檢票，回想起幾天前從廬城來這裡的那一路，之前那點「惱羞成怒」的情緒慢慢又變成了千絲萬縷的不捨。

尤其是在進站前，又收到了李清潭傳來的訊息。

一張照片，是他拍的復健室那面寬闊乾淨的落地窗，暴雨未歇，楊柳在風裡搖曳，玻璃鏡面上倒映著人影。

底下還有幾個字。

『我要去復健了。』

幾秒後，又來了一則。

『到了記得跟我說一聲。』

這句話曾經在他們高中那一年出現過很多次，每一句都有不同的回憶，雲泥突然有些後悔剛剛的衝動。

『李清潭。』

『我剛剛幹了件壞事。』

『我接了一個新專案，可能有一陣子不能來看你了。』

她傳完還覺得不夠表達自己悲傷難過的情緒，又從群裡翻了一圈，找到一個大哭的表情傳過去。

李清潭看到訊息已經是三個小時後的事情，他剛復健結束，被看護推著往病房去。復健真的挺累人的，他滿頭大汗，背上披著塊白毛巾，拿著手機的手指都在發抖，幾個字打了半天。

訊息傳出去，一直沒有回覆，等走到病房門口，卻見李明月站在走廊，視線落在窗外，些微出神。

她聽見動靜轉過頭來看著他，神色說不上好也不說不上差。

李清潭關了手機，問：「怎麼了？」

李明月也沒拐彎抹角，沉聲道：「爸來了。」

李清潭神情斂了幾分，看了眼沒關嚴的門，從出事到現在他知道免不了這場面，也沒說什麼，讓看護推自己進去。

門一開。

站在窗前的中年男人回過頭，兩父子隔著不遠的距離對視著，李清潭拽下搭在肩背上的毛巾，也不知是對誰說：「我先洗個澡。」

看護是個明白人，推著他進了浴室，期間無意瞥了眼李清潭的臉色，有一種講不上來的感覺。

他到底是個打工的，什麼也沒說，等著人沖完澡，又拿乾淨衣服遞過去，等都收拾好才說：「那我先出去了。」

「嗯。」李清潭坐在沙發上，醫生建議他近期戒菸戒酒，病房裡基本上沒這兩樣東西。但此刻茶几上卻放著一盒菸和打火機，一旁的菸灰缸裡還有兩根菸頭，淡淡菸味縈繞在四周。

他喉嚨發癢，忍不住輕咳了聲。

李鐘遠終於有了動作，走到另一側的單人沙發坐下，像什麼都沒有發生過一樣，只是父親關心兒子那般，輕聲問道：「恢復的怎麼樣？」

李清潭語氣平淡：「挺好。」

誰能想到，時過境遷，這竟然是父子倆在這幾年裡唯一有過的平靜時刻，沒有爭吵沒有怒吼。

李鐘遠一時間也想不到要說些什麼，靜靜坐了一下，李清潭突然道：「有件事要麻煩您。」

他抬眸：「什麼？」

「過幾天，把我的戶籍遷回去吧。」

李鐘遠神色微凝：「遷回哪裡？」

「廬城。」李清潭說：「我這條命也算是撿回來的，還能活多久都說不準，這些年我們爭吵無數，要說有什麼感情也早就磨沒了，您不如就當我死了吧，沒我這個兒子您或許還能活得輕鬆點，也不至於因為我和我母親的存在而受人掣肘。」

李鐘遠長久的沉默著。

「我也不想留在這裡，留在那個所謂的家，這些年我也從來沒跟您要過什麼，這是第一次也是最後一次，您要是真對我有愧疚就幫我辦了這件事，您要是還覺得自己沒錯，是我固執是我不懂事，那就這樣吧，我這條命又還能耗多久。」

「你一定要這麼跟我說話嗎？」李鐘遠抬眼看他，像是從未了解過自己這個兒子，又是一陣長久的沉默後，他嘆氣：「算了，戶籍的事情我會盡快幫你安排，以後就不用來往了。」

李鐘遠從沙發上站起來，看著李清潭冷漠淡然的模樣，忽地想起十多年前那個深夜。

他得知呂新的意外，匆匆從北京趕回廬城，回來的那一路上，他一雙小手緊抓著他的衣袖，好似父親是他所有的依仗。

原來他們父子也曾經有過那樣溫情的時刻，可究竟是什麼，讓他們走到如今這般恩斷義絕的境地。

李鐘遠不清楚嗎？

不，他比任何人都還清楚。

李清潭對於他來說就像是康莊大道上的一塊大石頭，要挪開就勢必要下車，可不挪，車子必然會被擦出一道痕跡。

無論怎麼選，李鐘遠始終都要和李清潭這三個字扯上關係，如今這塊石頭儘管已經碎開，可這麼多年過去，它到底還是在李鐘遠的人生路上壓出了一個無法填補的深坑。

那是不可逆的，就像他這些年在無形中給予李清潭那份帶著傷害又自以為是的父愛。

是無法迴旋，也沒有任何方式可以彌補的。

李鐘遠走了，病房裡靜悄悄的，李清潭坐在沙發上，維持著之前那個稍顯戒備和抵觸的姿態。

窗外不知何時又下起了暴雨，慢慢地，那個挺直的後背一點點彎了下去，有什麼壓抑的動靜傳出又很快被雨聲覆蓋。

李明月站在門外，透過門縫看見那個彎腰捂著臉的背影，終究還是沒有推門走進去。

父親對於六歲之前的李清潭來說，一度是像神一樣的存在，他無所不能又高大巍峨。是他的信仰和全部。

可有一天，信仰不復，他的世界翻天覆地，痛苦像延綿不絕的山洪，將他掩埋覆蓋，不留一絲空隙。

割捨和放棄，成了他唯一的選擇。

從北京回來那天，雲泥到站睡醒才看見李清潭傳來的訊息，無奈當時手機電量不足，等回到宿舍再打視訊電話過去，那邊一直沒人接聽。

她把電話打到李明月那裡，才得知下午李鐘遠來了一趟療養院，父子倆隔閡已久，這一次算是徹底了斷，李清潭心裡多少有些難受，晚餐也沒吃，很早便吃了藥睡下了。

次日一早，雲泥記著要回電話給他的事情，結果才剛醒又被周教授叫去開會，來來回回折騰了一天，再和李清潭聯絡上已經是傍晚的事情。

視訊裡，他剛洗完澡，短髮重新打理過，兩鬢剃得乾淨俐落，短短一層頭髮，額角那一處的疤痕還沒完全癒合，新長出來的皮膚組織泛著淺粉。

雲泥臉湊近看了幾眼，李清潭就把手機拿遠了些，『怎麼了？』

「你這個疤還能消掉嗎？」她一邊說著，一邊打開網頁去搜索有什麼淡疤好物。

他倒是無所謂，『不知道。』

雲泥像是很可惜似的嘆了聲氣，眉頭微蹙，覺得這是一個很棘手的問題，「你把你那裡的收貨地址給我一下。」

『怎麼？』

「我回頭幫你買點除疤痕的藥寄過去。」她重新看著視訊裡的人，欲蓋彌彰似地解釋道：「我沒有嫌棄你的意思，我這是心疼。」

李清潭拖著尾音：『哦，心疼。』

「是的。」她一本正經，托著腮盯著他看了好久，「李清潭。」

『嗯？』

「你喜歡小動物嗎？」

『一般。』李清潭問：『怎麼，妳想養？』

「對啊，我就是一直想養來著。」她又有些猶豫，「不過我室友之前養過貓，太會掉毛了，我現在這麼忙，肯定沒時間打掃，還要定時鏟貓砂，也太麻煩了，但我又真的很想養。」

這話裡的暗示太明顯了，李清潭想裝不明白都不行，輕嘆：『養吧，我來伺候牠。』

雲泥躍躍欲試又得寸進尺的試探道：「那我能再申請養一隻狗嗎？」

『……』李清潭笑：『學姐。』

「欸？」

『妳不如養我吧。』他羅列了一大堆養貓養狗不如養他的好處，說完還挺自誇道：『這不是很划算嗎？我不用妳鏟貓砂，也不用妳遛，白天我能陪妳玩，晚上我還能幫妳暖床。』

「可我還是更喜歡軟綿綿的東西。」

『哦。』他挑著眉：『妳這意思是說我不軟，還是說我不是東西？』

「……」

李清潭也沒強求她回答，笑了笑說：『算了，養吧，都養了兩個，也不介意再多一個。』

「兩個？」

『貓一個，妳一個，不是兩個嗎。』

雲泥「啊」了聲，很是受用：「那要養貓也要養狗的話，我們是不是應該租一個大一點的房子，我前幾天在學校附近看了下租房資訊，看見一間有三個房間的房子，位置都還挺好的，我把圖片找給你看一下。」

『好。』李清潭杵著腦袋：『學姐。』

「嗯？」

『妳這是在邀請我同居嗎？』

雲泥愣了下，從手機螢幕前抬起頭，「不行嗎？」

李清潭沒想到她是這個反應，也愣了下，才慢慢彎了下唇角說：『沒什麼不行的。』

「圖片傳過去給你了。」她一邊重新瀏覽著圖片，一邊說：「我看了下，裡面什麼都有，就是如果要租下來住進去可能還要再添置一點傢俱，不過這些都不著急，等你什麼時候從北京回來，我們就可以去逛一下家居店……」

雲泥說著說著，才注意到視訊那端李清潭有些走神的模樣，她湊近了，語氣有些不滿：「李清潭？你有沒有在聽我說啊？」

『在聽。』李清潭回神，看了她一下，聲音有些低：『我就是在想妳剛剛說的那個場景，感覺像做夢一樣。』

他們住在一起，養了一隻貓一隻狗，下班了一起逛家居店，在夏天最熱的傍晚手牽手走在路邊。

像這世上所有普通的情侶一樣，過著普通尋常的日子，有著屬於彼此的小歡喜。

這對曾經的李清潭來說，幾乎是想也不敢想的事情。

雲泥瞬間明白了他的意思，鼻子一酸，忽然道：「李清潭，雖然我現在還買不起房子，也不能讓你回到和以前一樣的生活，但我會努力的，會努力讓你過得幸福快樂。」

「我會努力給你一個家。」她眼也不眨地看著他，慢慢道：「給你很多的愛，永遠也不會離開你。」

從今以後，你有我，有貓有狗，有一個小家，會成為這世界上最幸運的人。

李清潭沉默著，面容沉浸在昏暗的環境裡不甚清晰，只是認真地看著螢幕裡的人，喉嚨輕滾，聲音珍而重之：『好。』

我答應妳，從今以後，我也不會再離開妳，會永遠愛妳，將這一生一次的心動全都交付於妳。

穀雨一過，廬城的氣溫隨著校園裡櫻花的謝落一天比一天高，雲泥也開始忙碌起來。

她研究生還剩下一年，從北京回來之後，周教授又找她談過一次，意思是建議她跟著他做研究，先不著急工作。

雲泥從大學就開始跟著周教授，這幾年陸陸續續參加了不少比賽，各種獎金以及校內的獎學金也存下來不少，不過她當時對做研究這件事還抱著考慮的態度，也就沒一口答應周教授。

之後一次組內聚會，一位已經直接攻讀博士的學姐知道她男朋友回來的事情，順口聊到她是不是為了他才沒答應直接攻讀博士。

雲泥那時喝了點酒，人有點暈，就開玩笑說：「是啊，我要養家糊口，做研究的話，不夠養活他呀。」

後來周教授不知道從哪裡聽說她是為了養男朋友才沒答應繼續讀博的事情，把她叫過去訓斥了一頓。

雲泥當時鬱悶極了，她也沒說不讀博呀，況且男朋友也不是真的需要她養，不過是一句玩笑話，也不知道周教授怎麼這麼大年紀還這麼容易聽信謠言呢。

不過她也沒跟周教授頂嘴，默默挨了一頓罵，答應了周教授開始準備讀博的資料才算作罷。

晚上和李清潭視訊，雲泥提到這件事，還很鬱悶：「我最近沒假了，周教授現在看我就跟看那些為了美人無心早朝的君王一樣，生怕我在研究上有一點鬆懈，到暑假前一天假都沒批給我。」

她沒說的是，電腦學院那些和她同個組的學長學姐自從看了李清潭的照片後，現在都開玩笑叫他紅顏禍水。

李清潭對雲泥的淒慘遭遇沒太在意，反而抓到了別的重點：『還是有一點不一樣的。』

「什麼？」

『妳和那些不早朝的君王。』

「？」

『春宵苦短日高起，從此君王不早朝。』李清潭悠悠地說，『但妳這不是，還沒寵幸我嗎？』

「……」

話落，他像是對「寵幸」這件事來了興趣，臉上帶了幾分暗示的笑：『所以學姐，什麼時候安排一下？』

「……」雲泥面無表情，一個字一個字地往外蹦：「安、排、個、屁。」

說是沒假，但六月末雲泥帶隊參加比賽還是去了趟北京，那次比賽是中科大對清華，比賽地點就定在清華校內。

雲泥和一位學長擔任副隊和隊長，全程跟隊，忙得腳不沾地，也沒抽出時間去療養院。

倒是李清潭復健情況良好，被允許有一個下午的外出時間，他沒和雲泥說，直接去了比賽場地。

當時正好是賽點，他站在烏泱泱的人群後面，看著場上那個穿著白大褂帶著護目鏡的女生。

忽然有些恍如隔世的感覺。

這幾年，他對她的情況一無所知，曾經試圖聯絡過一次，但陰差陽錯之下還是未能聯絡上。

後來李鐘遠插手，他徹底斷了聯絡的念頭。

時過境遷，她仍然是當初那個安靜專注的模樣，但到底還是有了些變化，出落得更漂亮也越發自信，不再獨來獨往，有老師有隊友，而他錯過了這些珍貴的變化。

李清潭不太能久站，在後排看了下比賽，正要出去找個位子坐下，迎面過來幾個穿著中科大隊服的男生，目光落到他臉上，有幾分遲疑。

等走過去了，還是沒忍住回頭朝他看了過來。

儘管人已經走出一段距離，但聽力甚好的李清潭還是聽見了對方有些驚訝的聲音。

「我靠。」

「那不是那個紅顏禍水嗎？」

賽場裡掀起一陣熱烈的歡呼聲，中科大最後以兩分的微弱優勢贏下了這場比賽，雲泥摘下護目鏡，走到臺側的休息區。

一旁的記錄員捧著部筆電，上面螢幕連著場上無人機的鏡頭，將整場比賽的過程記錄在其中。

雲泥接過筆電將進度條往前挪了幾格，彎腰拿起腳邊的水擰開，目光盯著螢幕，和旁邊人交代道：「何師，在群裡通知一下大家，吃飯之前先回飯店檢討。」

「好的，學姐。」男生因為贏了這場比賽，臉色紅撲撲的，拿著手機劈裡啪啦按了一通。

螢幕上記錄著整場比賽所有內容，雲泥邊看邊切換視角，手裡的水喝了兩口又放回原地。

何師在賽組的小群裡傳了訊息，又切回到大群裡，發現大家正聊得熱火朝天，訊息刷了幾百則，他半天拉不到頭，只好點了其中一人的訊息回覆。

『你們看見誰了啊？』

『好像是雲泥學姐那個男朋友。』

『周武和趙前他們幾個出去上廁所看見的，靠，長得還真是紅顏禍水那款的，我要是學姐我也樂意賺錢養他。』

『終於能體會到漢武帝金屋藏嬌是什麼心情了。』

『穆勒。』

『有照片嗎？』

『有，你打開訊息紀錄，方願願拍了一張。』

何師之前有聽說過雲泥學姐為了男朋友放棄讀博的八卦，但是沒見過紅顏禍水本人。

他點開訊息紀錄，很快看到了那張照片。

男生坐在賽場外的長椅上，短髮剃得俐落乾淨，穿著打扮都很簡單，但臉卻是一等一的漂亮。

是的，漂亮。這是何師看見「紅顏禍水」腦海裡第一個浮現出來的詞語，倒不是說他長得有多偏女相，但稜角確實好看。

皮膚很白，輪廓深，鼻梁高且挺，大約是注意到有人在偷拍，視線正對著鏡頭，眼珠漆黑乾淨，神情有些冷淡。

額角那道橫亙著的疤破壞了幾分整體的美感，卻又多了幾分狠勁，有點什麼呢，何師形容不出來。

他把手機遞到雲泥面前，差點說溜嘴，將紅顏禍水四個字脫口而出，「學姐，妳那個紅顏，不是，妳男朋友好像來了。」

「啊？」雲泥還沒從電腦前抬起頭，拿過手機看了眼，頓時愣住了，把電腦和手機都還給何師，「我出去一下。」

何師盯著她急匆匆的背影，抱著電腦站起來：「學姐！那等等還回飯店檢討嗎？」

「等我回來再說！」說話間，雲泥已經跑至出口附近，身影很快消失在眾人眼前。

何師搖頭輕嘖，果真是紅顏禍水啊。

雲泥從賽場跑出去，沒怎麼費神找，一眼就看見坐在走廊盡頭的人影，夏日陽光從窗戶落進來。

他坐在陰影處，手覆在膝蓋上方有一下沒一下地捏著，神情些微出神。

她走過去，腳步聲引起李清潭的注意，他抬起頭，手裡的動作也跟著停了下來。

他問：「比賽結束了？」

「嗯，結束了。」雲泥緩了緩呼吸，「你怎麼來了，你一個人過來的？你怎麼過來的啊？」

「司機開車送我過來的。」李清潭往旁邊挪了下，坐到陽光裡，拉住她的手，「贏了嗎？」

「贏了。」雲泥蹲在他面前，手順勢搭在他膝蓋上，捏的手法和力道都很專業。

「妳怎麼知道我在這裡？」

「我們實驗室的群裡有人拍了你的照片傳在裡面。」雲泥說：「他們之前有看過你的照片，應該認出來了。」

李清潭一句一問：「什麼照片？」

「就我們之前在療養院拍的那些。」那天拍了照片之後，雲泥和李清潭都各自挑了兩張自己覺得比較滿意的照片當作桌布和螢幕鎖定的照片。

她平時在實驗室，手機都隨便放，有一次就被學姐看見了螢幕鎖定那張李清潭的照片。之後紅顏禍水這個八卦就傳出去了。

當然，這一件事，雲泥肯定不會告訴他的。

誰曾想，李清潭聽了這話「哦」了聲後，又慢條斯理地反問道：「那照片不是挺正常的嗎？」

「對啊。」雲泥疑惑的看著他，「有什麼問題嗎？」

李清潭握住她的手，懶懶地笑了聲：「那怎麼，妳的同學剛剛看見我，都叫我——」

他刻意停了下來，雲泥心一提，下一秒果不其然聽見他一字一句說出那四個字。

「——紅顏禍水？」

雲泥：「……」

「嗯？」李清潭順著握住她的指尖捏了下，語調帶著幾分不正經，「我倒是想聽聽，我是做了什麼禍國殃民的事情？」

「……」

「是讓學姐為了我沉迷美色不務正業了？還是讓學姐為了我豪擲千金？」他似笑非笑：「都沒有吧？那我這罪名是不是擔得有些名不副實了？」

雲泥強忍著把手抽回來就跑的衝動，硬著頭皮解釋道：「就是之前周教授問我讀博那事，我當時沒答應，後來聚會學姐開玩笑問我是不是為了賺錢養你才沒答應讀博，我就是那麼隨口一說，但她們看了你的照片之後，覺得你長得太漂——太好看了，就開玩笑才那麼叫你的，真的沒有其他的意思。」

李清潭扯唇笑了下，「倒也不是不可以有其他的意思。」

「嗯？」

「我現在不是手不能提肩不能扛，一時片刻也不能出去工作。」他一本正經：「我確實等著學姐賺錢養我呢。」

「……」雲泥眼也不眨地看了他一下，而後倏地笑了起來，伸手掐了掐他的臉，「行，學姐養你。」

紅顏禍水這個梗在實驗室傳了很久，但大家都沒見過本尊，雲泥出來後沒多久，就有人接二連三地藉著上廁所的理由出來打招呼。

雲泥實在沒轍，心裡一邊記著檢討的事情，一邊又放不下李清潭，只好將人先帶回了飯店。

但她和學姐住在一起，貿然將男朋友帶回去也不太合適，等到了飯店大廳，她找李清潭要身分證，準備在同樓層再開一間房。

「檢討大概要一兩個小時，你先在房間待一下，我結束了去找你。」雲泥接過身分證遞給前臺工作人員，「晚上我們有慶功宴，但應該會有點晚，你要是餓了就先叫餐。」

李清潭沒什麼意見，全由著她安排。

「您好，房間號是七〇六，電梯出去左轉第二間，這是您的房卡和身分證請拿好。」

「謝謝。」雲泥接過東西，牽著李清潭的手往電梯口走，順手看了下他身分證上的照片。

還挺好看。

她目光順勢落到出生那一欄，一九九四年二月四日。

嗯？

二月？

一九九四？

雲泥當即就愣住了，李清潭沒留神，往前走了一步才發現人沒跟上來，回頭問了句：「怎麼了？」

她神色古怪：「你換身分證了？」

「嗯，上個月換的。」李鐘遠不僅將他的戶籍遷了回去，連著之前故意改小的出生年月份都透過關係改了回來。

想到這一層，李清潭忽地反應過來，唇角彎了下：「我之前是不是一直沒和妳說過？」

「什麼？」雲泥也隱約猜出來了，但還是安靜聽著。

「我其實──」他抬手摸了摸臉，慢慢地說：「比妳還大一歲，之前因為這邊的原因，李鐘遠把我的出生月份改小了。」

「啊。」雲泥愣愣地：「所以我們不是姐弟戀。」

李清潭笑了下：「那妳要是想談姐弟戀，我們這學姐學弟的，好像勉強也能算？」

他不提這個還好，一提雲泥就覺得鬱悶：「你竟然叫了我這麼久的學姐，你好意思嗎？」

「那不是，比妳低一個年級嗎？」

「但你比我大。」雲泥說：「我九五後，你九〇後。」

李清潭輕揚眉，也沒在意她這個算法，漫不經心道：「那從今天起，我叫妳學妹？」

雲泥應的倒是乾脆：「好的，學長。」

他眼眸彎起來，走過來在她面前停下，俯身和雲泥的視線齊平，語氣帶著幾分若有似無地暗示：「其實呢，除了學長，妳也可以叫點別的。」

雲泥看著他，安靜片刻，語氣正經：「好的，老學長。」

「……」

第十四章　相愛

檢討結束已經七點多，一行人從飯店房間裡潮水般湧出來，雲泥和幾個學長學姐落在後面收拾東西。

她忙起來和不忙是兩個狀態，才一結束，電腦都沒來得及關就摸出手機傳訊息給李清潭，問他餓不餓。

學姐拿著水坐到她旁邊：「聽說妳男朋友來了？」

「嗯，來了。」李清潭沒回訊息，她收起手機放進口袋，闔上電腦準備走：「學姐，晚上慶功宴我就不參加了。」

「別啊。」學姐拉住她：「乾脆把妳男朋友一起叫來唄，反正年紀都相仿，又沒有老師在。」

雲泥笑起來：「那我回去問問他。」

「行。」學姐朝她眨了下眼睛：「一定要來哦，看照片都看幾年了，好歹也讓我們看看真人呀。」

雲泥忙應聲：「好好好，我回去就和他說，不來也要拉來給你們看看。」

「欸。」學姐拍了下她的手臂，「也不是讓妳這樣，好好說，別抹黑我們的形象。」

「知道了。」雲泥無奈失笑，抱著電腦從房間出來，回到樓下七〇六，拿備用卡刷卡進屋，牆上的卡槽插著卡，但屋裡黑黢黢的並沒有開燈。

她也沒開燈，貼著牆邊摸黑走到床邊，藉著窗外的光影看清床上拱起來的那一團。

李清潭側著身睡得很熟，被子壓在手臂下，有一角垂在地上，穿著襪子的腳露在外面。

雲泥拿起空調遙控器看了眼溫度，二十五度，不算低。

她又放回去，彎腰將被角拎起來堆在床尾，蹲在他面前看了一下，在黑暗裡叫他的名字：「李清潭。」

第一遍他沒醒。

雲泥小聲嘆了口氣，想著要不然不叫他了，伸手替他蓋了蓋被角，正準備起身出去，手腕忽然被人捉住往前扯了下。

她本來就沒站穩，整個人順勢往下一傾，膝蓋抵到床沿，隔著一層柔軟的空調被倒在他懷裡。

李清潭抬手摟住人，聲音還有幾分睏意，聽起來懶懶地，很抓人心：「就沒有別的叫醒方式了？」

雲泥耳朵麻了一下，人也懶得動，就著這個姿勢趴在他懷裡：「你什麼時候醒的？」

「妳一開門我就醒了。」他揉了揉她的腦袋，「本來還想看看妳會不會趁我睡著行什麼不軌之事。」

「……」雲泥撐著手臂抬起頭，隔著很近的距離和他對視：「你是不是對我有什麼誤解？」

「嗯？沒有吧。」李清潭抬手捏了下她的耳垂，「在墨爾本的時候，妳不是經常……」

雲泥意識到他要說什麼，猛地抬手捂住他的嘴，「好了，你可以閉嘴了。」

李清潭忍不住笑，身體跟著輕輕顫動，但嘴巴被捂住，呼吸有些沒跟上，偏頭咳了兩聲才緩過來。

雲泥被他嚇了一跳，忙從他懷裡跳起來，手不小心打到旁邊桌角也沒注意，「沒事吧？」

「沒。」他拉過她的手，開了床頭的燈，看見她手背上紅了一小片，「不疼啊？一言不發的。」

「我這不是被你嚇到了，來不及喊疼嘛。」雲泥看他臉色不大好，又說：「不過也不怎麼疼。」

李清潭沒說話，指腹貼過去揉了揉。

她靠著床邊蹲下來，任由他拉著手，跟哄小孩似的，「我們等下有慶功宴，你要不要去？」

「嗯？」

「我學姐她們都挺想見見你的。」雲泥說：「她們之前就一直知道有你這個人，但都只見過照片。」

李清潭立刻懂了：「所以，現在她們也想看看我本人到底有多紅顏禍水？」

「……」

他笑了下，指尖撓了下她的手心，「那就去吧。」

慶功宴在同飯店的十二樓，來的都是科大實驗室裡的同門，沒有老師和領導在，氣氛沒那麼正經。

出門前，雲泥給李清潭打預防針，「就是，我有幾個學弟學妹比較喜歡開玩笑，人也自來熟，但都沒有什麼惡意的。」

「我知道。」李清潭剛簡單洗漱了下，臉龐浸了水，連著輪廓好像都清朗了幾分，「反正不是有妳嗎。」

雲泥一想也是，「他們要是開玩笑，我會幫著你的，還有你要是哪裡有什麼不舒服的也要及時跟我說，不要硬撐著。」

「妳是不是誤會我的意思了？」

「啊？」雲泥確實沒明白：「什麼？」

「我說有妳的意思呢，不是讓妳給我撐腰，而是我會有仇報仇。」李清潭輕掐了下她臉上的軟肉，低頭在她唇角親了下，距離一下靠得很近，慢悠悠道：「懂了嗎？」

「……」她倒也不是很想懂。

兩個人拖拖拉拉走到電梯口。

李清潭睡了一下午，腿有些痠軟，手臂搭在雲泥肩膀上，進了電梯也沒鬆開，腦袋也跟著枕過去。

好在電梯裡也沒人，她也由著他，「是不是不舒服了？」

「沒事。」他閉著眼睛，緩過從腿部湧上來的那一陣痠麻，「妳在北京還要待幾天？」

「也就明天一個白天，應該晚上就會回去。」雲泥問：「那你什麼時候回療養院？」

「明天一早，吳醫生只准了我半天的假。」

「那我到時候送你回去。」雲泥側頭去看他，電梯恰好抵達十二樓，「叮」地一聲，門就開了。

她一回頭就看見周教授和他的助理站在外面，整個人嚇了一跳，僵直著後背打招呼：「周教授。」

李清潭對周教授有所耳聞，跟著也抬起頭，和雲泥拉開了些距離。

周教授點頭「嗯」了聲，目光落到李清潭臉上，也沒多問什麼，轉頭和助理繼續交代之前的事情。

雲泥：「周教授我們先走了。」

「去吧。」

她趕忙拉著李清潭從電梯裡出來，走到周教授看不見的地方長鬆了口氣，「嚇死了，學姐不是說周教授不來慶功宴嗎。」

李清潭還沒見過她這個樣子，覺得好笑，「妳跟妳導師平時都是這麼相處的？」

「也沒有，這不是因為最近實驗室裡都在傳我為了你拒絕了讀博的八卦，周教授對我有意見了嗎。」

「哦，那怪我。」

「不然呢，誰讓你的臉長得這麼——」雲泥轉過身，雙手捧著他的臉揉了揉：「禍國殃民呢。」

「……」

學姐專門幫他們在她們那一桌留了兩張空位，雲泥帶著李清潭一進去就被拉過去坐著了。都是成年人，不像高中時期那麼愛起鬨，但免不了也要被問一些成年人的話題。比如工作一類的。

李清潭來者不拒，問什麼都認認真真回答：「之前一直在墨爾本，今年才回來北京。」

「不回來看她的原因，不好說，有點複雜。」

「不是在做什麼國家級的機密工作，之前大學讀金融，回國之前一直在投資銀行上班。」

有學長要倒酒給他，一直低著頭吃東西的雲泥攔了下，「學長，不行，他不能喝酒。」

李清潭握住她的手，把倒扣的酒杯翻過來，「沒事，能喝一點。」

「李清潭。」雲泥皺眉看著他。

他指腹在她手背安撫性的刮了一下，低聲道：「吳醫生說了，可以適當的沾一點，不會有什麼大問題。」

學長舉著酒瓶笑道：「那我可倒了啊？」

李清潭轉頭看過去，「好。」

他說沒事，但雲泥也不敢讓他多喝，一杯酒結束就把他的酒杯拿到她自己面前，「我替他喝。」

「喲，學妹，這可是妳自己說的啊。」學長也不客氣，又滿了一杯酒，開起了玩笑，「這學妹夫確實長得一表人才，但妳也不能這麼護著吧。」

雲泥忍不住笑：「欸，學妹夫是什麼鬼？」

桌上氣氛熱熱鬧鬧的，雲泥酒量一般，今天幾個學長學姐難得抓住機會，左一杯右一杯。等結束，人也有些醉了。

散場時，李清潭跟幾個學長交換了聯絡方式，回到桌旁半蹲在她面前，「還能走嗎？」

雲泥抬眸看著他沒說話，眼眸黑白分明，被酒意浸染得有些溼潤和紅。

「怎麼了？」李清潭放低了聲音，「是不是難受？」

「……沒有。」她聲音有些啞，呼吸很重，閉上眼睛的時候眼淚從眼角順著滑落下來，帶著點鼻音叫他的名字：「李清潭。」

他低嗯一聲，指腹從她眼角擦過。

「我之前做過一個夢，就像現在這樣，我喝多了，你過來接我，背我回學校。」她始終閉著眼睛，眼淚不停地流，「但我醒了之後，你就不在了。」

重逢至今，他們誰也沒提起過彼此不在的那些年，各自的生活是什麼樣的，痛苦、難過和心酸，都打碎了牙往肚子裡吞。

但今晚李清潭從她的同學朋友那裡聽了太多關於他不在時，她的生活是什麼樣子。

和雲泥最親近的一位學姐從洗手間回來的路上遇到他，和他閒聊，無意間提起有一年冬天，她們小組聚會，雲泥接到一通電話，沒說兩句就掛了。

當時她的手機就放在桌上，電話響起時，學姐看了眼螢幕，來電顯示的歸屬地是墨爾本。

「她接完安靜地坐了一下，之後一整個晚上都沒怎麼說過話。」學姐問：「是你打的電話嗎？」

走廊的燈有些晃得人眼疼，李清潭低著眸，搖搖頭說：「不是。」

「那算了，都是很久之前的事情了，可能是我記錯了吧。」學姐停在包廂門前：「這些話不該我來說，但我想以她的性格可能憋死了都不會跟你說，不管怎麼樣，你們現在也算是苦盡甘來了，好好對她吧。」

指腹間的潮溼讓李清潭想起在墨爾本那幾年，陪伴他度過每個孤獨難捱的夜晚，那抹溼潤溫涼的海風。

他輕滾著喉結，指腹從她眼角劃過：「怎麼辦，我現在可能還沒有辦法背妳回去。」

一句類似玩笑的話，是安慰也是安撫。

雲泥從哭腔裡擠出一聲笑，直起身，抬手抽了張紙巾覆在臉上，「我自己可以走。」

「那走嗎？」

「嗯。」

她扶著桌沿站起來，雖說能走，但還是搖搖晃晃，李清潭的手從她腰後穿過去，將人摟在懷裡，唇貼著她頭髮親了下，「妳學姐住哪間房？」

「七一〇。」

「回那裡嗎？」

「……」雲泥閉著眼睛罵，「你是不是有病？」

他淺淺笑了一下，「好。」

兩人回到七〇六門口，李清潭一手扶著她，一手去摸房卡開門，進了房，他也沒開燈。跌跌撞撞走到床邊，房卡也掉在地上。

房裡走之前開了窗戶，北方夏夜空氣並不沉悶，溫涼的風從陽臺吹進來，慢慢湧上來的酒意讓雲泥的思緒和動作都有些緩慢。

她膝蓋又不小心磕到床邊，皺著眉回頭問：「你怎麼不開——唔。」

沒能說出口的話全都被堵了回去，李清潭突然親過來，她有些猝不及防。

雲泥抬手摸到他柔軟的黑髮，卻又被他十指緊扣壓回臉側，他又吻回來。

喘氣、潮溼。

黑漆漆的房間裡，隨著窗外車流聲逐漸遠去，那些讓人臉紅耳熱的動靜也隨之消失，雲泥仰躺在床上，呼吸有些急促。

溫涼的風也吹不散渾身的燥熱。

李清潭還趴在她身上，腦袋埋在她頸間，有一下沒一下的輕啄著，聲音又低又沉：「去洗澡？」

「……嗯。」她出了不少的汗，衣服黏在身上有些難受，加上酒意的薰染，迫切的需要洗個熱水澡。

李清潭撐著手臂坐在床邊，衣衫凌亂，雲泥緩了一下也慢吞吞坐起來，低頭一個一個扣好襯衫的釦子，衣料摩挲的動靜格外曖昧。

房卡掉在不遠處的地毯上，他起身撿起來，走到門旁，插到牆壁上的槽孔裡，房裡電源「叮」一聲逐一連接上，玄關處和床頭的壁燈先亮起來，空調也緊隨其後「叮」了聲。

房裡一切隨著燈光亮起的瞬間也都被照得清清楚楚。

被擠掉在床邊的白色被子，有些皺的床單，凌亂的枕頭，以及兩個衣衫不整的人。

雲泥今天穿了一套職業套裝，現在襯衫的衣擺被扯出來，釦子沒扣完，鎖骨上有一塊很深的印子。

臉泛著情事之後的紅，眼眸波光瀲灩，李清潭靠在桌邊，拆了瓶水看著她，「過來，喝點水。」

她沒穿鞋，赤腳走過去，就著他的手喝了兩口水，「我先去洗澡。」

「好。」李清潭彎腰從旁邊拿了雙新拖鞋丟在地上，「穿拖鞋。」

雲泥低頭穿好鞋，抬手將頭髮綁起來，露出一截修長白皙的脖頸，連帶著他剛剛咬出來的印子也露在外面。

李清潭別開視線，拿起空調遙控器將房裡的溫度調得很低，等到廁所裡傳出了水聲，又往上調高了幾度。

雲泥洗完澡才想起來自己剛剛直接來了這裡，忘了回去拿換洗衣服，她看了眼剛換下丟在地上已經被水淋溼的襯衫和西裝裙。

「……」一陣頭疼。

猶豫再三，她從架子上拿了一條大浴巾裹在身上，走到洗手臺前，從鏡子裡看見頸間和肩上那些斑斑點點，還是忍不住有些臉熱。

不僅是換洗衣服，卸妝和擦臉的她都沒拿，雲泥在廁所裡站了幾分鐘，裹著浴巾走出去。

房裡開了空調，身上的水氣被冷風一吹，立刻起了一層雞皮疙瘩。

她忍不住瑟縮了下，緊跟著打了一個噴嚏。

站在陽臺的李清潭聽見聲音轉頭看過來，眸光落到那些紅印又很快挪開。他進廁所重新拿了條乾淨的浴巾將她包起來，又把空調的溫度往上調，「我去幫妳拿衣服，還有什麼要拿的嗎？」

雲泥說了幾樣要用的東西，「你讓學姐找給你吧，她知道。」

「好，妳先進去把頭髮吹乾。」

她低嗯了聲，轉身又進了廁所。

學姐像是早預料到李清潭會過去拿東西，直接將雲泥的行李箱拿給他，「東西都在裡面，就是有點亂。」

李清潭笑：「好沒事，謝謝學姐。」

「不客氣。」學姐還要出門，兩人沒多閒聊，他提著行李箱回到房間，雲泥正在廁所裡吹頭髮。

吹風機的動靜嗡嗡地，他走進去，她還嚇了一跳，「你怎麼沒出聲啊？」

「是妳沒聽見。」李清潭拿過她手裡的吹風機，站在她身後替她吹著頭髮，鏡子裡映著兩人的身影。

「學姐沒睡吧？」

「沒，還準備出門。」李清潭將吹風機開了低檔，聲音小了很多，「妳大二那一年，我打過一通電話給妳。」

雲泥一愣，不知道他怎麼突然提起這事，沉默了一下才說：「我那天在實驗室，手機忘了充電，沒接到。」

「嗯。」他停下動作，從鏡子裡看著她：「妳後來，是不是接了很多來自墨爾本的電話？」

「我害怕萬一我不接，如果是你怎麼辦。」這都是過去的事情了，雲泥如今再提起來也沒有當初難過，「你當時是不是用別人手機打電話給我，我後來再回過去都沒人接了。」

「不是，是我自己的。」只是後來那天他喝醉了，在公園睡了一夜，醒來後手機和錢包都被偷走了。

他那時候所有的一切都被李鐘遠看管著，那一通電話已經耗盡所有，只是陰差陽錯之下，還是沒能聯絡上。

之後發生的種種，他也沒有辦法再去聯絡，有時候甚至慶幸她沒有接到那通電話。

絕望裡突然給出了希望，卻又被無情剝奪的痛苦，他比任何人都要清楚。

李清潭心裡被拉扯，眼眶連著眼尾都有些發紅，忽地彎腰緊緊抱著她，「對不起。」

「都過去了不是嗎。」雲泥低頭，握住他的手，「沒有什麼對不起的，你回來了，我們還在一起，這一生也就沒什麼遺憾了。」

廁所的水聲又響了起來。

雲泥裹著浴巾從行李箱裡翻出睡衣，她這趟來北京只帶了一條睡裙，吊帶款式的，什麼都遮不住。

吻痕、刺青，都露在外面。

她想了一下，放下那條睡裙，從箱子底層翻出一件T恤套在身上，隨便穿了條棉質的長褲。

還有些收尾的工作沒完成，她抱著電腦坐在茶几旁，剛打開文件才敲了幾行，廁所的水聲停了。

「學姐。」李清潭喊道。

雲泥抬頭看過去：「怎麼了？」

「我沒拿衣服。」

「……」

「包包在沙發上，妳幫我拿一下。」

「好，你等一下。」雲泥傾身將那個黑色的包拿過來，起身走到廁所門口，敲了下門。

門開了道縫，裡面做了乾溼分離，湧出來的水氣並沒有很多。

她剛要把包塞進去，那道縫卻在突然間猛地被拉開更多，更多的水氣也跟著湧了出來。

李清潭穿著飯店的浴袍，腰帶繫得倒挺好的，只是裡面什麼也沒穿，水珠順著額角滑落，沒入被掩蓋住的位置。

浴袍的長度對他來說有些短，小腿到腳踝都露在外面，他皮膚白，體毛也不多，踝骨深陷，腳背上的青筋清晰可見。

雲泥愣在原地。

李清潭倒是很隨意，赤著腳走出來，慢騰騰道：「裡面太多水，我等等再換衣服。」

「……」

他走到沙發旁坐下，浴袍下擺跟著往前跑，膝蓋也跟著露了出來，雲泥眼皮一跳，生怕他再一個抬腿，露出更多。

她走過去，拿起搭在沙發處的浴巾蓋在他腿上，眼睛也控制著不亂瞟：「別著涼。」

他剛要開口，恰好在這個時候，有人來敲門。

雲泥和李清潭同時扭頭看過去，見他有要穿著浴袍去開門的跡象，她腦袋裡那根筋都好似繃緊了。

她忙不迭地把手裡的包按到他懷裡，忍不住警告道：「你安分點。」

李清潭這時倒是乖乖聽話，點點頭什麼也沒說。

雲泥這才走過去開門，也沒敢開太大，人站在門縫之間，手還不放心的扶著門把。

敲門的是這次帶隊的學長，他手裡提著電腦，笑道：「沒打擾妳吧，傳訊息給妳沒回，但周教授臨時召喚叫我們過去一趟，只好過來找妳了。」

「手機應該是沒電了。」雲泥說：「謝謝學長啊，我收拾下馬上過來。」

「好。」

關了門，雲泥一回頭，李清潭已經換了睡袍，只剩下上衣還拿在手上沒來得及穿。

「妳要出去？」

「嗯，周教授找我們有點事。」雲泥看著他，忽然有些愧疚，走過去抱住了他。

「欸。」他T恤還拿在手裡，空出一隻手揉了揉她的腦袋問：「怎麼了？突然的。」

「太忙了。」雲泥真實有幾分不滿：「煩。」

李清潭反應過來她在想什麼，彎了彎唇，揉她頭髮的動作又重了幾分：「好了，不是說有急事嗎，快點去吧，我在這裡等妳。」

她小聲嘆了口氣：「那你要是睏了就早點睡，我也不知道周教授能說到幾點。」

「好，別擔心我了。」

雲泥換了個姿勢，在他的肩膀親了下，才鬆開手說：「那我走了，你記得吃藥。」

看她這樣依依不捨，李清潭乾脆下了劑猛藥：「不然我陪妳去吧。」

「嗯？」聽到這話，雲泥一下子就回神了，走到沙發旁撈起電腦和電腦包就要走，「拜拜。」

「……」

在周教授那裡待了將近一個多小時，雲泥著急回去，一結束就要走，但偏偏周教授又叫住她有話要說。

她站在沙發旁，心思早就飛遠了，回話也回得心不在焉，幾次下來，周教授也發現她在走神，氣得吹鬍子瞪眼，把她好好訓了一頓。

雲泥也不敢說什麼，只好拚命點頭說知道了下次不會了，最後又問我能回去了嗎？

周教授就差沒像古時的教書先生拿戒尺打她了，板著張臉很嫌棄的說：「去吧去吧。」

「那您早點休息，我先走了！」雲泥拎著電腦包，飛快地下了樓，一步也沒耽誤。

李清潭還沒睡，靠在床頭看書，被她衝進來的這個架勢嚇了一跳，愣神了幾秒才問：「怎麼了？」

雲泥也不接話，走過來親了他一下，才笑咪咪說：「沒事。」他床頭放著水杯，她端起來喝了一口，又問：「你餓不餓？」

「妳餓了？」李清潭說著就去拿手機：「這個時間還能去吃宵夜。」

「問你餓不餓呢，你怎麼老是答非所問。」

李清潭也不知道自己該說餓還是不餓，但最後還是誠實道：「不是特別餓，但妳想吃我們可以下去逛逛。」

「我也不餓，我就是怕你餓了。」

他哭笑不得：「我又不是小孩子了，餓了會自己吃的。」

「哦對，我忘了，你確實不是小孩子了。」雲泥放下水杯：「你比我還要大一歲呢。」

「……」

一晚上亂七八糟的事情一堆，等到徹底忙完躺下來，已經過了十二點，雲泥仍舊沒換睡裙，也沒告訴他刺青的事情。

兩個人聊了半宿，也不知道是幾點睡著的，第二天一早，司機在樓下等著，李清潭先起床，雲泥被開關門的聲音吵醒，隨後也跟著爬起來，跟在他身後，像個跟屁蟲一樣。

他刷完牙，拍了拍她環在腰間的手臂，低笑：「鬆開。」

她沒動。

「我上廁所。」

「……」

雲泥一早鬧了個紅臉，從廁所出來，叫了兩份早餐送上樓，等洗漱完，兩人坐在桌邊吃了一個很快的早餐。

李清潭昨天沒有遵守醫囑，半天假硬是拖到早上才回，雲泥在開會時收到他傳來的訊息。

『被吳醫生罵了，我之後也沒假了。』

她回：『我有一個好消息和一個壞消息，你想先聽哪個。』

『壞消息。』

『我也沒假了。』

『那好消息呢？』

『我剛剛得知周教授和清華實驗室有個合作專案，整個暑假我們團隊都會留在北京，到時候我可以擠出時間過去看你。』

她笑著收起手機，開完會，中午休息了一下，一行人又輾轉回了廬城。

雲泥直接回宿舍。

梁岑這學期和她一樣忙，兩個人平時住同個宿舍也經常見不到面，她沒想到她這個時間竟然在宿舍：「妳專案結束了？」

梁岑「嗯」了聲：「累死了。」

「妳導師這次又帶你們去哪裡了？」

「撒哈拉。」梁岑是天文系，研究生這兩年基本上都跟著導師在外面跑，人直接曬黑了兩度。

她翻身從床下下來，「吃飯了沒？」

「沒呢，剛下高鐵就回學校了。」

「走吧，一起吃個飯。」梁岑隨意將頭髮一紮，準備去刷個牙，從雲泥旁邊路過，突然笑了聲。

「嗯？怎麼？」

她抱著手臂靠著一旁的架子，「妳跟妳男朋友見面了？」

雲泥「啊」了聲。

「戰況挺激烈啊。」梁岑挑了下眉，指著她心口的位置：「這也看見了吧。」

雲泥說：「如果我說我們什麼都沒發生妳信嗎？」

「信啊。」梁岑笑：「除非我傻子唄。」

「……」

雲泥也不知道該怎麼跟她解釋這個吻痕雖然確實存在，但李清潭也的確還沒看見這個刺青。

暑假去北京之前，雲泥又帶雲連飛去了趟醫院，體檢有些項目要隔天才能出結果。

晚上，父女倆買了菜在家裡吃飯。

雲泥邊洗菜邊和雲連飛說這段時間她不在家，讓他多注意些，最後才說：「爸，我和你說件事。」

雲連飛在切馬鈴薯，砧板「咚咚」響，「什麼事？」

「我交男朋友了。」

「咚咚」的動靜停了一瞬又響起，雲連飛說：「談唄，妳也到年紀了，再不談，爸倒該著急了。」

「他家裡的情況有點複雜。」雲泥沒和雲連飛隱瞞李清潭家裡的情況，一頓飯的時間說了很多，等吃完收拾時，她提了句：「今年過年，我能帶他回來嗎？」

雲連飛看著她，像是沒想到速度會這麼快，半天才說：「好，妳到時候帶他回來。」

「謝謝爸。」

雲連飛自從手術之後工作量削減了很多，雲泥有意讓他多調理，體檢每年兩次，沒什麼大問題。

這次除了血壓有些高，其他的都沒什麼大問題，雲泥這才放心跟著團隊去北京。

畢竟是來出差工作，時間到底還是有些緊張，來了北京大半個月，她也一直沒找著機會去療養院。

李清潭上次沒聽吳醫生的話，這次也沒有空過來看她，兩個人天天抱著手機交流。

一晃六月也接近尾聲。

七月二號是雲泥的生日，在實驗室小助理都會記得每個人的生日，等到那天要是都不怎麼忙，就訂個蛋糕大家一起分了吃。

要是忙，頂多就是便當裡多加個雞蛋給壽星。

恰好那天不是很忙，雲泥中午在實驗室吃了蛋糕，推掉了晚上的飯局，一下班就往療養院趕。

她轉了三四趟地鐵，到地方天已經黑了。

李清潭還住在原來那間房，上三樓左轉，她敲門沒人應，手往下一壓，門開了，房裡也沒人。

雲泥摸到牆壁的開關，不知道是電路原因還是怎麼樣，燈也沒亮，窗外路燈的光影照進房裡。

她邊往裡面走，邊拿出手機打電話給李清潭，走到窗邊時，電話接通，樓下的一切也落入眼中。

『學姐。』

聽筒裡的聲音好似和高中時期的李清潭重疊，眼前坐在光影裡，穿著寬大而乾淨的白T恤，拿著鼓棒的人也好似與那一年坐在臺上的他重合。

六年前，他當著人山人海說：「這首歌送給一個很重要的人。」

六年後，他只對她一個人說：「這首歌送給一個我很愛的人。」

時隔六年，歌聲裡不再有那樣清晰的落寞，只剩下她聽得出的熱烈欣喜和滿腔愛意。

雲泥站在窗邊，聽筒裡的聲音和現實裡的聲音交疊，她用力握著手機，眼眶逐漸發紅。

那曾經是他們比分開那幾年還遺憾的一段日子。

她一度的逃避和退縮，甚至想過將他推出自己的生活，可他卻仍舊在她看不見的地方，用他的方式去守護和陪伴。

如果沒有他的堅持，雲泥想不到如今的他們又會是什麼樣，也許會天各一方，這一輩子都不會再相見。

也許在將來的某一天，他們重逢於人來人往的街頭，擦肩而過的瞬間會想起彼此曾經也有過那樣一段美好的時光。

歌聲漸入尾聲，她忽然轉身跑下樓，耳邊風聲呼嘯，聽筒裡的聲音忽遠忽近，直至完全停下來。

李清潭放下手裡的鼓棒，看著她向自己而來，起身接住她，衝勁有些猛，他往後退了兩步才穩住身形。

夏夜晚風四起，湖邊逐漸閃爍起斑斕的火花。

雲泥抱著他的力道逐漸加重，也不說話，只是無聲無息地掉著眼淚。

李清潭大力揉了揉她的腦袋，稍微拉開些距離，「給我點面子，雖然沒有煙火那麼好看，但好歹也準備了幾天。」

他說的是湖邊那些閃爍的火花。

雲泥隨便抹了抹臉，被他拉到離湖邊稍近的地方，才看清那些閃爍的都是捆成一小束的仙女棒。

她眼淚還是掉不停，胡亂說著對不起。

「有什麼對不起的？」李清潭用衣袖幫她擦了擦眼淚，「妳不是說過了，我們之間沒有什麼對不起的。」

可她還是說：「我那時候不是故意要疏遠你的……有人跟于主任舉報我們談戀愛，我被、被劉老師找過去談話了。」

「還有這事？」李清潭語氣有點不樂意了：「妳怎麼不早點跟我說，我這罪名擔的比紅顏禍水還冤啊。」

「劉老師幫了我很多，我不想……不想讓他失望，對不起。」雲泥哽咽說：「那個時候我不該那麼做的。」

李清潭重新把人摟進懷裡，「說實話，我那個時候確實挺生氣的，但我從來沒怪過妳，也沒覺得妳對我做了什麼不好的事情，我喜歡妳想陪著妳，都是我想、我願意，和妳沒有關係，妳有拒絕我的權利。」

「我生氣只是因為我成為不了那個能讓妳喜歡的人，不是因為妳逃避疏遠我。」他哄人的辦法很單一，只會揉腦袋：「懂了嗎？別哭了，今天妳過生日，開心點，嗯？」

雲泥點點頭，眼淚都飛出來了。

他伸手抹了抹，岔開話題：「好聽嗎？」

「什麼？」

「我唱的歌。」李清潭揚著眉：「妳別說妳剛剛什麼都沒聽見，那我可要苦死了。」

「聽見了。」她破涕為笑：「很早就聽見了。」

「那就好。」李清潭沒聽出她的話外音，牽住她的手，「走吧，回去切蛋糕，我學了大半個月呢。」

「你很早就在幫我準備生日了嗎？」

「對啊。」李清潭垂眸，語氣有些低：「說起來，這還是我幫妳過的第一個生日。」

那一年的暑假，遺憾和錯過的事又何止一件。

雲泥忽然想起什麼，鬆開手，轉身往遠處的小道跑：「你先上樓，我去買個東西。」

李清潭還不太能劇烈運動，只能看著她跑遠了，又慢慢吞吞跟過去，最後在她回來的路上與她會合。

雲泥沒買他意料之中的那件東西，買了兩支霜淇淋，氣喘吁吁地說：「當初你讓我買給你的，這次補上了。」

李清潭眉心微動，愣了兩秒便明白了她的意思。

那個夏天傍晚，他剛睡醒，趿拉著拖鞋走到陽臺，叫住要去買菜的她說：「學姐。」

「幫我帶支霜淇淋。」

他沒能吃上的那支霜淇淋，在時隔六年，同樣蟬鳴聒噪的夏天，終於吃到了。

雖然他們之間曾經錯過很多、遺憾也很多，但幸運的是，一切都還來得及彌補。

雲泥隔天還要上班，一大早就從療養院趕了回去，之後又沒日沒夜地忙了一陣，後期專案取得重大進展，周教授難得鬆口讓大家放了三天假。

她又馬不停蹄地收拾了兩件衣服去了療養院。

李清潭的復健已經到了第二期，還剩下最後一期，這之後就不用每天都住在療養院裡，只要定期去醫院複檢就行。

很快八月也接近尾聲。

周教授的專案進入收尾階段，雲泥要回學校註冊學生證，跟幾個同級的師門一起提前回了廬城。

研三的生活和之前沒太多區別，唯一不同的是，雲泥讀博不用擔心找工作的事情，每天不是窩在實驗室，就是待在宿舍寫論文，日子過得清閒又輕鬆。

忙裡偷閒，偶爾週末她也會抽時間去一趟北京。

國慶日時，雲泥很忙也沒休到什麼假，晚上回宿舍和他打視訊電話，聊著聊著就睏了。昏昏欲睡時聽見他說下個月要回一趟墨爾本，一下子清醒了。

「……你剛說什麼？」

『回一趟墨爾本。』李清潭出事之後，在威爾投資銀行的工作被迫暫停，有一些手續還需要他本人回去才能辦理。

「你具體什麼時候過去呀？」

『二十號左右。』

雲泥翻了下日程表，她中旬過後都沒什麼事情了，「那我可以陪你一起過去，我正好也忙完了。」

李清潭倒很樂意：『好啊。』

這一決定比較突然，雲泥之後加班忙了一陣，出發的那天正好是國內的小雪節氣。

她先從廬城去到北京，再和李清潭一起飛往墨爾本。

一路上十幾個小時的飛行，抵達墨爾本已經是第二天的事情，李清潭暫時還住在以前那套房子。

他這趟來也是為了要把留在這裡的東西收拾好寄回國內。

墨爾本和國內有時差，雲泥到這裡的當天就睡了一個很長的覺，第二天一早迷迷糊糊被李清潭叫醒。

她一睜眼，還愣神了一下。

李清潭剛洗過澡，頭髮半乾不乾的全都撥在腦後，白襯衫黑西裝，彎腰湊在她眼前，手裡還打著領帶。

少了幾分少年感，多了些成年人的凌厲。

「上午要去一趟投行辦一些手續，中午不確定能不能回來，到時候聯絡妳。我幫妳做了早餐放在樓下，妳起來記得吃。」他打好領帶，湊到她眼前，身上帶著淺淡的鬚後水的味道：「親一下。」

她擁著被子湊過去在他臉側親了一口。

他像是不滿意，追過去要親，雲泥徹底醒了，頭一歪，讓他親在臉側，「沒刷牙呢。」

「不嫌棄妳。」李清潭低頭在她唇上輕啄了下，抬手看了眼錶，「我要走了，早餐記得吃。」

「知道了。」

他下了樓，鹹溼的海風從陽臺吹進來，雲泥又在床上躺了幾分鐘才起床洗漱。

那天中午李清潭果然沒回來，幫她訂了餐，下午一點多又打電話來，讓她去書房找一份文件，等一下有人過來取。

雲泥在書房書桌最右邊第二層的抽屜裡找到李清潭要的那份文件，等人取走後，她沒什麼事，又回到書房用他的電腦寫論文。

上網搜資料時，無意間切換到書籤紀錄，一排各大航空公司的官網。

雲泥怔愣了幾秒，點開其中一個，他的帳號沒有登出，點開購票紀錄，前排大部分都是他從墨爾本飛紐約曼哈頓的紀錄。

但往後，卻全都是從墨爾本飛上海，上海飛盧城，她又點開其他航空公司，也都是這樣的紀錄。

他回去過嗎？

在這幾年，在她想著他時，是不是也曾經回去過。

雲泥在書房坐了一下午，直至夜色來襲，屋外傳來停車的動靜，她才回過神從書房裡走出去。

李清潭剛進門，一手提著公事包，懷裡抱著一個紙袋，裡面裝著些瓜果蔬菜。

他脫了外套搭在椅背上，捲起衣袖準備晚餐。

聽見身後的腳步聲時，他還沒來得及回頭，後背就貼上個人，腰間也多出來一隻手臂。

「是不是無聊了？」

「沒有。」雲泥在他西裝上蹭了蹭腦袋，「今天很忙嗎？」

「還好，就是太久沒工作，有些不適應。」李清潭從紙袋裡拿出一盒草莓放到水槽裡加了點鹽泡著，「妳今天在家做什麼了？」

「睡覺吃飯寫論文，你還要忙幾天？」

「快的話後天能結束。」李清潭攥著她手臂把人扯到懷裡和流理臺之間親了一下，鬆開時，指腹從她唇瓣上擦了下，「等忙完了帶妳出去玩。」

「好。」雲泥深吸了口氣，「我來弄吧，你快去洗澡。」

李清潭也沒跟她爭，拿起外套去了二樓，邊走邊回訊息。

等吃完飯，雲泥突發奇想地想去海邊走走，墨爾本這個時節正好是春夏交接之時，夜晚去海邊散步的人很多。

李清潭沒意見，只說：「我先回個郵件，十分鐘。」

「好，那我去沖個澡。」雲泥回屋快速地洗個了熱水澡，換了身衣服，一件淺藍色背心外搭純白開衫T恤，底下是一條藍格子短褲。

溼答答的頭髮隨意地披在肩上。

李清潭從書房出來，先看見她沒穿鞋，拿了拖鞋遞過去，又說：「過來，吹一下頭髮。」

她搖頭：「不用，等一下去外面走走就乾了。」

李清潭拗不過她，只好拿毛巾胡亂揉了一把，提醒道：「墨爾本現在還不到夏天。」

「但還是很熱啊。」

「……」

兩人走到樓下換鞋，李清潭穿得居家隨意，腳上趿拉著拖鞋，先走到院子等她。

一回頭，雲泥也踩著雙和他同款的拖鞋從屋裡出來，瑩白圓潤的腳趾，修長筆直的腿。視線往上，落在某處。

他眸光倏地一頓。

雲泥卻好似未察覺，走過來挽著他手臂：「走吧。」

李清潭沉默著走了一路，等到海邊，她丟了拖鞋，赤著腳踩著撲上來的海浪，略低的衣領不時往下滑，露出整個刺青的輪廓。

他手裡拎著她的拖鞋，終於忍不住問了：「妳這裡是什麼？」

「什麼？」

他手指戳到她心口的位置。

雲泥順著低頭看過去：「刺青啊。」

「什麼時候刺的？」

「大一還是大二暑假，我也記不得了。」雲泥勾著衣領往下，刺青整個露了出來，「好看嗎？」

「好看。」

「你怎麼都不問問我刺的是什麼？」

李清潭停下腳步，轉頭對上她的目光，有一瞬間意識到這個刺青可能和自己有關。

他聲音因為緊張而微微發顫：「妳刺什麼？」

「是你。」雲泥看向遠處，「我怕再也見不到你，會忘了你，就把你刺在這裡，記一輩子。」

刺青是一輩子的事情，哪怕以後可以洗除，也會留下不可磨滅的印記，一個人選擇刺下一樣東西，一定是意義足夠重大。

李清潭聽完，沉默著沒說話，只拉著她的手，步伐很快地往家裡走。

開門，上樓。

直接把人丟到床上，雲泥還沒反應過來，他整個人就壓了下來，失控的吻也跟著落了下來。

他吻得很急，眼尾發紅，聲音又低又沉：「我把我的一切都給妳，包括我自己。」

天邊破曉，床頭水杯裡的水不再搖晃，海浪聲忽遠忽近，李清潭低頭吻咬著那一處刺青。

被子蓋了一半，隨著逐漸慢下來的動作一點點往下滑落，露出後背上的鮮紅抓痕。

雲泥搭在他肩膀上的手指忽地緊繃又鬆開，眼皮睏到在打架，聲音啞得不像話，「……李清潭。」

「嗯？」他趴下去，臉埋在她頸側，呼吸滾燙。

「我今天用了你的電腦，不小心看見你的航班紀錄了。」她摸著他的短髮，「這幾年你回過盧城嗎？」

「沒有。」李清潭閉著眼睛：「我回不去，那時剛來這裡，身分證和護照都不在我手裡。」

「那你……」

「買了，有個念想，總覺得以後有機會能回去。」他支起手臂，眼睛依舊很紅，肩膀上有個很清晰的牙印。

是她第一次失控時咬上去的。

雲泥抬手摸著，鼻尖發酸，眼尾也有些紅，「所以你真的回來了。」

「是，我回來了。」他扣住她的手，翻身將人抱進懷裡，低頭親了親她溼紅的眼角：「不會再走了。」

李清潭沒有辭掉在墨爾本的工作，而是轉入投行在上海金融街的分部，年後才會準備入職。

從墨爾本回來之後，雲泥租下了之前在學校附近看中的房子，以一個月房租當押金，又先付了三個月租金，李清潭刷的卡。

被人養著的感覺確實不賴。

房子之前只出租過一次，有七成新，冬至前一個星期，李清潭從北京回來，兩個人一起住進去。

他第三期的復健已經結束，回了廬城之後，在科大附屬醫院掛了一位專家的門診，定期過去複檢。

雲泥本想著過年再帶他回去見雲連飛，但雲連飛知道兩人同居後，聖誕前夕叫她把人帶回去。

岳父挑女婿，怎麼看都是不順眼的。

雲連飛雖然嘴上說著妳是到了談戀愛的年紀，但私下裡還是旁敲側擊提起雲泥現在結婚還太早的事情。

晚上回到學校這邊的住處，雲泥和李清潭提起這事，「我爸也不是挑你的刺，他就是捨不得我。」

「我知道。」李清潭邊親邊解她的外套：「等以後我們結婚，把爸爸接過來和我們一起住。」

「還不是你爸爸——」雲泥推著他肩膀，嬌嗔道：「你別扯，上一個都被你扯壞了。」

他抬起頭，低笑：「那妳教教我。」

「……」

屋裡燈亮了大半宿，床頭的抽屜半開，裡面新買的東西被拆的亂七八糟，落得到處都是。垃圾桶旁邊還丟著溼漉漉的包裝袋。

床板吱呀吱呀，被子被擠到床尾，垂在地面上的被角隨著床板的動作搖搖晃晃。

一轉眼，新年將至。

三十一號那天，雲泥原先和李清潭約好了去步行街吃火鍋，但實驗室臨時有事，等結束已經八點多。

李清潭先去店裡等位子，鍋底都煮開了，她才匆匆趕過去，正好吃上熱騰騰的羊肉卷。

吃完火鍋，兩個人從店裡出來，雲泥晚上走得著急，圍脖落在實驗室，李清潭解下自己的圍巾圍到她脖子上，又拉著她的手放進口袋裡，語氣不大好：「不知道已經冬天了嗎？」

「我走得太著急啦，忘了。」她笑咪咪：「不是還有你嗎？」

李清潭笑了聲，沒說話，只是握緊了她的手。

盧城這一年的初雪來得特別早，他們去墨爾本的第三天，雲泥的社群貼文裡就充斥著盧城初雪。

跨年夜，風雪也不缺席，雪花窸窸窣窣地飄著。

離十二點還有一個多小時，步行街已經全是人，雲泥和李清潭牽著手走在街頭，感慨道：「我記得我們高中那時，跨年夜步行街的人就很多，那時候我們還是走過來的，你記得嗎？」

「記得。」

「對了，你和蔣予聯絡了嗎？」

「約了過幾天一起吃飯。」

「那我把方淼也約上。」雲泥撓了撓他的手：「方淼的男朋友，你記不記得我有跟你說過是誰。」

「誰啊？」

「鐘焱，有印象嗎？」

李清潭想了下：「不記得了。」

「就是我們高中那時候見義勇為救的那個男生。」雲泥笑說：「是不是很神奇，我知道方淼跟他在一起的時候，我都驚呆了。」

李清潭終於從記憶裡找出關於鐘焱的畫面，有些不敢相信他和方淼在一起了：「我也有點驚訝。」

「可能這就是緣分，就像我們一樣。」

李清潭很認真的「嗯」了聲。

街道上的人越來越多，走路時不時都會撞到肩膀，雲泥走路都走熱了，緩了口氣說：「不然我們回去吧。」

「不等跨年了？」

「不等了，反正跨年重要的又不是那個時間，而是那個一直陪在自己身邊的人。」她舉起兩人交握的手：「不是嗎？」

李清潭低頭親在她手背上，蘊著笑意的眼睛始終看著她：「當然是。」

雪花在光影裡漂浮著，兩個人手牽手背朝人潮往更遠處走著，淺談的笑語聲逐漸遠去。

這一夜，風雪闃寂，燈火闌珊。

他們正在相愛。

——《雲泥》正文完——

番外一　四季

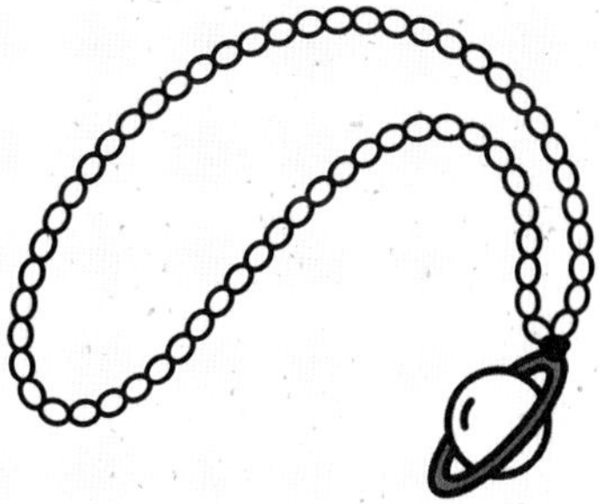

〈春〉

二〇二〇年的伊始，國內並未像往常一樣張燈結綵迎接新一年的到來，而是家家戶戶閉門不出，每日看著新聞報導各地各處的確診人數和最新情況。

整個春節，李清潭和雲泥都住在新租的那套房子裡。

住在這裡的那天，她原先是過來送東西，留下過了夜，結果第二天社區戒嚴，嚴進嚴出。

雲連飛也打電話過來，說是他們家附近的一個社區有人確診，現在各個社區都嚴令禁止外來人員入內，讓她暫時先不要回去。

雲泥也沒先想到只是一個晚上，情況就變得這麼嚴重，擔心雲連飛一個人在家，一天三通電話都不夠。

這天晚上，她剛吃完飯，又找到手機打視訊電話給雲連飛，一開始沒人接，她忍不住胡思亂想，把自己嚇哭了。

李清潭洗完碗從廚房出來，見她坐在沙發那裡沒動靜，擦乾手走過去，眉心忍不住一跳：「這是怎麼了？」

雲泥啪嗒啪嗒掉著眼淚：「我爸不接電話。」

「那可能在洗澡或者是看電視沒拿手機，叔叔又不像我們整天沒事就拿著手機。」李清潭半蹲著，抽了張紙替她擦著眼淚：「別哭了，也別自己嚇自己，再打一通試試。」

結果還沒等她撥過去，雲連飛就回了電話過來。

『啊，我沒事，剛剛社區來人量體溫，我在門口跟人說話呢，手機沒拿。』雲連飛笑呵呵的：『別擔心我啊，我沒事呢，每天社區都有人過來，你們好好照顧自己，沒事也少往外跑。』

雲泥吸了吸鼻子：「我知道了，你手機不要總開靜音丟在角落，萬一有什麼要緊事，我都找不到你。」

『我能有什麼事，妳別自己嚇自己，我怎麼聽妳聲音不對勁啊？妳不會感冒了吧？』

「沒有。」

『現在感冒情況可跟以前不一樣，妳不要瞞著不上報啊。』雲連飛還挺擔心，『妳把電話給妳男朋友。』

雲泥把手機遞給李清潭，他站起來坐到沙發上，把人摟過來靠在自己懷裡，兩個人一起聽著電話。

雲連飛一本正經道：『那個雲泥是不是感冒了？你們別不顧現在這情況瞞著不跟社區的人說，到時候有什麼事，你們就是罪人，知道嗎？』

「……」

「……」

李清潭忍著笑：「叔叔，她沒事，就是剛睡醒，您別擔心。」

雲連飛：『那就好，但要是有情況，一定記得要上報，別瞞著，之前不就有人不上報，導致整個社區都被封了。』

「好，我們知道，您一個人在家也要多注意。」

掛了電話，李清潭把手機丟到一旁，抬手捏了捏雲泥的臉，笑道：「現在還擔心嗎？」

雲泥：「……」

她剛剛在那裡傷春悲秋的真情實感都錯付了唄。

二月四日是北方小年，也是李清潭的生日。

雲泥居家隔離的那陣子除了上線上課程寫論文，沒事就愛鑽研一些吃的，李清潭就是那可憐的白老鼠，什麼好吃、什麼不好吃他都是第一個人吃。

他過生日前一週，雲泥就在網路上學做蛋糕，家裡來不及買烤箱，她看人家用電鍋做蛋糕胚，也學著弄。

連著做毀了三四個，第五次才做出一個完整的蛋糕胚。

那是個下午，初春暖洋洋的太陽落進客廳，李清潭躺在懶人沙發上，書拿在手裡，人卻睡得很熟。

雲泥捨不得叫醒他，從沙發上拿了條毛毯搭在他身上，又輕手輕腳地回了廚房。

晚上兩個人窩在沙發上看電視，她還挺遺憾的提道：「欸，明天你過生日可能沒有蛋糕吃了。」

李清潭已經很多年不過生日，對這些也沒太大的欲望，只是看她愛弄這些，隨著她意而已，聞言也沒太失望：「沒關係。」

他們認識有六七年了，雲泥還記得高三那年，第一次知道他生日買禮物給他時的心情。又糾結又怕他多想，但其實那時候她已經有一點動心，多想也沒錯，但就是怕被他發現。

剛搬進來那陣子，雲泥在家裡收拾衣櫃，還從李清潭的衣服堆裡發現了之前送他的三件套，毛線邊都有些磨損了。

能看得出來使用率很高。

雲泥當時還有點難受，答應了今年過生日親手織一套給他，但計畫趕不上變化，現在物流都停運了，她也不能出門買毛線。

想到這裡，她小心翼翼地挪過去，捧著他的臉說：「我答應準備給你的生日禮物也沒有了。」

李清潭輕刮了下她的鼻尖，安慰道：「本來重要的就不是禮物，妳在我身邊就足夠了。」

雲泥看著他，沒忍住美色，湊過去在他唇角親了一下。

李清潭反客為主的時候還笑著說了句：「這次可是妳先動手的。」

啊？

喂！

雲泥反抗的聲音很快變成了旖旎動人的嗚嗚呀呀。

一洗完澡，雲泥回到床上便裹著被子昏昏欲睡，浴室裡的水聲持續響了一下又停了下來。

李清潭躺下來時，渾身還帶著溼漉漉的水氣。

她迷迷糊糊被人摟著肩膀抱進懷裡，鼻尖蹭到的不是柔軟的布料，而是溫熱的皮膚。

雲泥恍惚著睜開眼，一抬頭，只能看見男人鋒利分明的喉結。

她在被窩裡反握住他的手，聲音還有些啞：「幾點了？」

「十一點四十三。」李清潭拿來放在床頭櫃上的水杯，捏了下她的手指：「喝點水。」

「不喝。」雲泥打了聲呵欠：「才剛喝過牛奶。」

這人也不知道是什麼癖好，每次一結束就幫她溫了杯牛奶，說是補充體力。

狗屁。

「真不喝？嗓子都啞了。」李清潭低笑，胸膛也跟著顫動起伏：「下次爭取快一點。」

「……」雲泥抬手在他腰側掐一下：「你能不能閉嘴。」

他輕「嘶」了聲，捉住她作亂的手別到一旁：「好了好了，睡覺吧。」

「幾點了。」她又問。

「五十分。」

「再等一下。」雲泥昨晚本就沒睡好，早上又起得早，晚上又被這樣那樣折騰了好一陣子，這時已經睏得不行，但還記著他生日，硬是要等到十二點才可以睡。

李清潭怎麼會不明白她的心意，側身抬手關了床頭的燈：「睡吧，有什麼明天再說也不遲。」

雲泥掙扎了一下，還是沒扛住睡意。

一覺從夢裡驚醒，看手機才六點多，她不記得昨晚到最後到底有沒有說那句話，晃著李清潭的肩膀，把人叫醒。

「我和你說了嗎？」

「什麼？」李清潭凌晨三點才睡著，很睏，人也不清醒。

「就生日快樂啊。」

「嗯，說了。」李清潭閉著眼睛：「現在幾點？」

「六點十分。」

「再睡一下吧。」他把人摟進回懷裡，低聲重複道：「妳十二點不是說過了，忘了嗎？」

「真說過了？」

「嗯……」

雲泥又放心的睡了過去，這一覺直接睡到十點多，她又比李清潭先醒，倒也沒急著起床。

她昨晚手機放在客廳，懶得出去拿，就順手用了李清潭的手機。

李清潭手機很乾淨，除了幾個必要的軟體之外，也沒什麼別的，平時要看電影打遊戲，都是用 iPad。

通知欄有幾則未讀訊息和一些垃圾廣告。

雲泥沒一鍵刪除，怕清掉什麼重要訊息，就一則則滑著，底下堆積的未讀訊息隨著垃圾廣告清除彈上來。

她一個手快不小心點了進去。

『小潭，今年這個情況你就不要去墓地了，等到你媽媽生祭那天我們一起過去。』

備註是雲姨。

雲泥盯著那則訊息看了許久，直到手因為這個姿勢而有些發麻，才默默將手機放回桌上，起身下了床。

李清潭睡到下午才醒。

臥室的窗簾拉得緊密，他還有些不分早晚，拿起手機看了眼時間才知道已經一點多了。

雲泥不在。

她睡過的那邊還有些褶皺，他伸手摸了下，已經沒什麼溫度了，看來是很早就起床了。

李清潭沒再賴床，起床套上睡衣，拿著手機邊看邊往外走，在看到程雲華傳來的那則本來該是未讀卻被已讀的訊息時，腳步倏地停了下來。

他已經走出臥室，停在門邊，抬頭看向坐在客廳沙發上的人，察覺到氣氛不同以往的輕鬆，也隱約意識到了什麼。

李清潭收起手機，先去了廁所，洗漱完才回到客廳，半蹲在她面前：「什麼時候醒的？」

「早上。」雲泥低頭穿上拖鞋，起身要走。

李清潭拉住她的手臂，跟著站了起來，很輕地嘆了聲氣：「我本來不想和妳說的。」

雲泥很想質問他為什麼，但她又怎麼可能不清楚他不說的原因。

她生氣的不是他不說，而是氣自己為什麼沒有早點察覺到這件事，自責的情緒早已大過一切。

李清潭把人拉到跟前，抬手抹了抹她的眼角，「不跟妳說，就是不希望妳像現在這樣難過。」

雲泥不說話，眼淚倒是啪嗒啪嗒掉不停。

「欸，不是要幫我過生日嗎？」李清潭哄不住，只好岔開話題：「我的蛋糕呢？」

「沒幫你做。」

「……」他低低笑了聲：「妳該不會是還沒學會怎麼做蛋糕吧？」

雲泥別開頭，深吸了口氣：「就是不想幫你做。」

李清潭伸手在她腦袋上揉了兩下：「真沒良心啊，妳過生日的時候我幫妳準備那麼多，怎麼我就什麼都沒有了呢。」

「現在跟那時候能一樣嗎。」

「好，那等之後情況穩定了，妳幫我補回來。」

雲泥心裡堵得慌，見他這樣不正經，忍不住去弄他，李清潭也讓她弄，兩個人疊躺在沙發上。

誰也沒說話，各自安靜了一下。

雲泥撐著手臂支起上半身，湊過去和他對視：「……到時候，我陪你一起過去。」

「嗯。」

「李清潭。」她摸了摸他的臉。

「怎麼？」

「我騙你的。」

「什麼？」

「我幫你做了蛋糕。」雲泥鬆開手，「我昨天就學會做蛋糕胚了，想跟你炫耀，但你在睡覺，我就沒有告訴你。」

他輕笑了聲：「還挺厲害。」

雲泥又趴下去，枕著他的肩膀，很小聲的說：「那你現在，有沒有稍微不那麼難過了？」

李清潭抬手捏了捏她的後頸：「本來也沒那麼難過，事情都已經過去很久了，我媽要是看到我現在這樣，應該也會替我高興。」

「我以前總是覺得她是因為我才去世的，所以很討厭過生日，但我現在覺得，她肯定不會希望我這麼想，她應該會想讓我好好生活，做一個快樂幸福的人。如果可以，我希望下輩子，她還是我媽媽。」

「會的。」雲泥捧著他的臉看了一下，認真道：「我也希望下輩子，我們還能夠再遇見。」

「生日快樂。」

「李清潭。」

〈夏〉

三月初，春暖花開之時，盧城陸陸續續解封，各大公司、集團以及單位也都逐一開始復工，唯有學生上到博士下到小學，仍舊待在家裡上線上課程，等著學校的通知。

不過比起之前兩個月的嚴防死守，三月盧城已然寬鬆許多，社區每家每戶發了通行卡，每週允許一個家庭外出三次採購物資。

李清潭收到上海公司的郵件，盧城解封之後便去了上海，雲泥也從兩人的出租屋搬回了家。

上海對外來人員施行集中隔離，李清潭在飯店住了十四天，但也沒閒著，每天只有晚上睡覺前那點時間能留給雲泥。

「你現在都比我忙了。」這天晚上快十一點兩人才通上視訊電話，雲泥看著螢幕那端的人，忍不住抱怨了句。

李清潭那時也才剛結束公司的一個會議，來了上海之後和新公司需要磨合，看不完的資料、市場調研報告，還有亂七八糟一堆財務資料，確實比之前要忙了很多。

『過了新手期就不會這麼忙了，也不用一直待在上海。』李清潭拿著水杯去倒水，一站起來，上半身西裝革履，下面卻穿著雲泥之前買給他的睡褲。

「喂！」雲泥忍不住笑了：「你就穿成這樣開了一天的會？」

『怎麼？』

「你也不怕被你公司老闆看見。」

李清潭坐回電腦前，單手解著領帶，又將領口的釦子開了兩粒，『我又不會開會開著開著突然站起來，不過——』

他想起開會時發生的一件小趣事，笑了一聲，和她分享道：『今天公司有一位同事，會議結束的時候忘了關鏡頭，換衣服的時候全公司的人都看見了他穿的內褲，四角的，還是海綿寶寶的。』

雲泥笑了半天，上氣不接下氣地問：「那他什麼時候發現鏡頭沒關的？」

『接到他祕書電話的時候。』李清潭喝了兩口水：『但該露的也露得差不多了。』

「……」雲泥替人尷尬的毛病又犯了。

『放心，我沒看。』

「我又沒說不讓你看。」雲泥整個冬天都沒怎麼運動，加上久坐，脊椎和腰都很疫，最近在方淼的推薦下開始做一套養生瑜伽。

深色的瑜伽服裹著凹凸有致的身形，隨著一些動作的牽扯，更是將身形的優越之處顯露的一覽無餘。

她一邊做還一邊聊天，體力有些跟不上，說話時就有些喘，絮絮叨叨的，渾然未覺視訊那端的人眼神已經變了。

「你下個月記得抽個時間回來一趟，你都好幾期沒去複檢了。」雲泥盤腿坐在瑜伽墊上，額角的一滴汗順著臉側慢慢滑落至下頷。

『知道了。』李清潭嗓音有些低啞。

雲泥拿毛巾擦了擦臉，聲音還是有些喘：「你別喝冷水，我聽你聲音都有些啞了，你別隔離不成，反成上海的罪人了。」

他閉了閉眼睛：『學姐。』

「啊？」

『妳別說話了。』

「？」雲泥茫然的看著他：「怎麼，為什麼不讓我說話，我說錯什麼了嗎？我不是就讓你別喝冷水嗎？」

李清潭盯著她叭叭不停地紅唇，喉結輕滾：『妳再喘下去，就不是喝冷水能解決的事情了。』

「……」

科大四月開學，雲泥這學期從宿舍搬出來。這是她做研究生的最後一年，先前答應了周教授讀博，比起其他忙著準備出國或者往其他城市跑的同學，她明顯輕鬆許多。

週末放假，雲泥週五下午在周教授那裡打雜結束，又馬不停蹄地趕去了上海，李清潭太忙了，忙到甚至一個月都沒休息一天，她只好捨棄掉睡覺的時間，跑到上海來找他。

從高鐵站出來，雲泥先去仁濟醫院，方淼在那裡上班，一聽說她要來，見面就拿著消毒酒精把她連人帶行李箱全方位噴了一遍。

「特殊時期，我作為醫護人員，妳作為醫護人員的家屬，都不能掉以輕心。」醫院有規定，不能私下穿著白大褂在外面跑，方淼出來時來不及換衣服，就脫了搭在手臂上，裡面只有件單衣，V領，露出的半截鎖骨上還有一些嗯……那什麼之後的痕跡。

雲泥看不下去：「不然妳還是把衣服穿上。」

「怎麼？」方淼低頭看了眼，恍然笑道：「妳多大了啊？看個吻痕還這麼不好意思？」

「和妳一樣大。」

方淼也覺得奇怪，這麼多年過去，她和雲泥可能是經歷的人和事各不相同，兩個人好像對調了性格一樣。

方淼也是抽空出來的，喝完一罐牛奶就要回去：「明天我休息，一起吃個飯，叫上妳家那位。」

「好啊，那鐘焱在嗎？」

「怎麼，他在，你們就不來了？」

「也不是。」雲泥摸了下鼻尖：「他來的話，我回去先給李清潭打個預防針，以防他們兩個見面打起來。」

方淼失笑：「好了，他不來，最近都不在上海。」

「那回頭見。」

仁濟醫院離陸家嘴金融貿易區不遠，雲泥剛坐上計程車就接到了李清潭的電話。

她這些年往上海跑了不少趟，對路線不算陌生，報了個位置給他：「不塞車很快就能到你公司附近了，你今天什麼時候下班？」

『還有個會，不過六點能走，快到了和我說一聲，我找人下去接妳。』

「不用，我在附近找個咖啡館等你好了。」雲泥說：「正好我也有些餓了。」

『公司樓下就有家咖啡館，別跑遠了。』又說了幾句，李清潭趕著去開會：『晚點見。』

「拜拜。」

到了地方，雲泥提著行李箱去了李清潭說的那家咖啡館，進去坐了沒多久，又接到李清潭的電話。

他蹺班了。

雲泥當時正準備點餐，聽了電話後又闔上菜單，很不好意思的和服務生說不需要了。她從咖啡館裡出來，走了好長一段路都還記得服務生看她的眼神，簡直太丟人了。

見到李清潭的面都沒能緩解那股尷尬。

「都怪你！人家還以為我是進去蹭水喝的。」雲泥甚至想大叫幾聲，但那也不是她能做出來的事情。

李清潭摟著她的腰笑：「那怎麼辦，不然我們現在再回去？」

「要去你去，煩死了。」

嘴上說得再凶，但還是架不住想念，被人握著手擠在車門旁親到喘不過氣時，雲泥終於有了見面的感覺。

她靠在李清潭懷裡，從視訊裡都能看出他瘦了很多，見面更是清晰，稜角都瘦出來了。

「你是不是又沒好好吃飯？」雲泥捧著他的臉，仔仔細細地端詳著，她的肉呢，她辛辛苦苦養的肉呢，怎麼一點都沒了。

「沒有。」李清潭親過去，手有一下沒一下地捏著，「妳今天的香水味怎麼有點像酒精？」

「……」雲泥低著聲：「去醫院找方淼的時候她幫我消毒了。」

「哦，那我也要消消毒。」氣息又逐漸曖昧起來，唇邊溢出的嚶嚀聲更是如同在烈火裡添了把乾柴。

李清潭算是從墨爾本協調過來的ＳＡ，他在金融投資方面見解高，判斷力強，對一些政策風暴嗅覺靈敏，當初在威爾投行僅用半年的時間便從Ａ晉升為ＳＡ，如今調來上海，再往上晉升只是時間問題。

他住在公司提供的單身公寓，車子也是入職時一起配給的，薪水也是直接領年薪。

從金融區回到李清潭的住處有半個小時的車程，途中路過一家超市，兩個人又停下車過去買了些東西。

「晚上在家裡吃嗎？」雲泥挽著李清潭的手臂，他推著車，不停往車裡放東西。

李清潭：「看妳啊。」

「那就不出去了。」

「好。」李清潭現在也會下廚，有些菜甚至做的比雲泥還要好，他挑了些肉和蔬菜。

雲泥突然說：「我明天也不想出門。」

「那我把明天的菜也買了。」

「好——啊不行。」雲泥接過他秤好遞來的番茄：「方淼約了我們明天一起吃飯。」

「我也要去？」

「那當然。」

「鐘焱去嗎？」

「他不去。」

「那為什麼我要去？」

「你去買單啊。」

李清潭笑了聲，轉而問道：「妳在這裡待幾天？」

「最多三天。」雲泥突然想起什麼：「你這樣蹺班真的沒關係嗎？」

「有關係也蹺了。」

「……」

從超市出來，暮色來襲，繁華的都市逐漸壅塞，本該六點之前就能到家，硬是拖到六點半車子才開進社區。

李清潭直接開到車庫，一手提著剛買的東西，一手拎著她的行李箱，「累不累？」

「不累啊。」雲泥警惕道：「但下廚的話會有點累。」

「……」

他微挑了下眉，沒說什麼，但雲泥很快就體會到了一件比下廚還要累上千百倍的事情。

從暮色到夜色，月色灑進屋裡，玄關處掉落的購物袋，一株蔥不甘寂寞冒了個頭在外面。行李箱倒在牆角。

男人的西裝外套和女人的夏衫散落在地板上，深沉的黑色夾雜著幾抹不該有的亮色，一路延伸進臥房。

床榻凌亂，浴室水響，落地窗前還有未乾透的掌印，隱約窺見幾分先前的曖昧情景。

浴室的水聲還沒停，李清潭在腰間隨意圍著條浴巾從臥室出來，撈起倒在地上的行李箱，又走了進去。

浴室裡逐漸又傳出些臉紅耳熱的動靜。

「李清潭，你別動……」

等到兩個人洗完澡出來，已經到了深夜。

雲泥餓得轆轆，裹著條絨毛毯子，沒什麼力氣的躺在沙發上看電視，開放式的廚房裡，李清潭正在幫她煮麵。

家裡就剩下幾包速食的義大利麵，處理起來不算費事，比點外送稍微省點時間。

李清潭煮麵時，先幫她溫了杯牛奶，以往雲泥都覺得沒什麼，今天幹了些平時沒幹過的事情，也嘗了些平時沒碰過的東西，看著那杯牛奶，怎麼看怎麼怪異。

她抿唇：「不想喝。」

李清潭也沒強求，彎腰將杯子放到茶几上，又折回了廚房，吃完飯，兩個人躺在同一張毯子裡，看完了那部電影。

男女主歷盡艱辛破除萬難走到一起，結局皆大歡喜。

雲泥掉了兩滴感動的淚，李清潭伸手抽了張紙巾遞到她手裡，不太能理解為什麼女生說哭就能哭。

次日，方淼的老師臨時接到一臺手術，她作為第一助手進了手術室，只能取消飯局。

雲泥和李清潭昨天沒買太多菜，睡到中午起來又懶得動手，躺在床上叫了外送。

昨晚飽暖思淫欲，又小別勝新婚，兩個人折騰到很晚，吃完午飯，雲泥又睡了一下午覺。

李清潭在外面客廳處理工作。

傍晚，雲泥睡飽了，又不想一直賴在家裡，拽著李清潭去外灘逛了一圈，又買了兩張渡輪票。

春夜黃埔江上的風還有些涼意，李清潭脫了外套披在她肩上。

雲泥躲在他懷裡，看著江對岸的高樓大廈，忽然道：「今年夏天，我們去一趟老洲村吧，我聽梁岑說，那裡現在變得很漂亮。」

李清潭握住她的手，應了聲好。

雲泥在上海和李清潭廝混了三天，要走的那天早上，李清潭開車送她去車站，她倒是沒什麼，反而是他開始膩歪起來。

她很不留戀的說：「我的車快檢票了，我走了，等我有假我再過來看你，你記得好好吃飯。」

李清潭無奈嘆了口氣，鬆開手：「注意安全，到了打電話給我。」

「知道啦！」她揮揮手，轉頭跑進了車站裡。

這之後一直到暑假，雲泥和李清潭都一直過著這樣異地的生活，但好在她上學，時間自由許多，一有空就往上海跑。

方淼欠下的那頓飯，也在之後她去上海的某一次補上了，不過那次鐘焱也來了。

他和李清潭怎麼說呢。

可能是天生氣場不合吧，話不投機半句多，一頓飯吃下來，兩個女生唯一慶幸的便是他們沒有打起來。

今年的升學考因為疫情的緣故推遲了一個月，暑假也相對晚了一個月，不過這對雲泥和李清潭的影響不大。

升學考前一天，他們各自空出幾天假，回了趟銅城。

銅城這幾年雖說發展比不上大城市，但好歹不同於當年灰撲撲的景象，高樓大廈也建了不少。

李清潭外婆家的老房子也被規劃到都更範圍裡，白牆上用紅漆圈了個碩大的拆字。

「那你豈不是一躍成為拆二代了？」從老巷子裡走出來，雲泥撓了撓李清潭的手心：「那我可要抱緊你的大腿了。」

他「嗯」了聲，「回去給妳抱。」

「李清潭！」雲泥惱羞成怒：「你能不能好好說話？」

他「噗嗤」笑了聲，捏著她的指尖：「冤枉啊，我怎麼不好好說話了，我說的難道不是正經話嗎？」

「……」

簡直！

無語！！

兩人回到飯店，從十二樓的高層可以看見很遠處的長江，隱約還能聽見貨輪的汽笛聲。

銅城是皖南城市，夏天暑氣總是很重，陽光高曬著，到了正午，空無一人的柏油路上甚至都能看見熱浪的輪廓。

雲泥待在冷氣房裡，一口一口吃著霜淇淋，偶爾往李清潭嘴裡塞一口：「好熱啊，早知道提前一個月來好了。」

她吃完了一盒，還要伸手再去拿一盒。

李清潭往她手背上拍了下：「少吃點。」

「……」雲泥盤著腿，認真看著他：「說實話，你現在管我的樣子就跟我爸一樣。」

「像妳爺爺我也不會讓妳再吃一盒。」他從電腦前抬起頭看過來：「妳數數妳今天吃幾盒了？」

「一盒兩盒三盒——」雲泥突然抱著他手臂，放軟了語氣：「就再吃一盒，行嗎？」

「學姐。」

「嗯？」

「給妳個小建議。」李清潭說：「撒嬌這一套，如果用在別的地方，比如——床上。」

這兩個字他沒出聲，但雲泥看嘴型看出來了：「……」

他笑著接上後半句話：「會更有效果。」

雲泥羞得不行，拿起手邊的枕頭就往他臉上捂了過去，「我真會被你這張嘴給氣死！」

他悶聲笑，手扶到她腰上防著她倒下去。

傍晚暮色來襲，雲泥最終還是將剩下的那兩盒霜淇淋消滅乾淨，穿著條碎花吊帶裙，踩著拖鞋和李清潭往江邊走。

老洲村不同往年，現在逐漸也成為銅城一個標誌性景點，每年都會有不少人專門來這裡打卡。

江岸邊的破損船隻在風吹日曬裡逐漸被蝕化，手一碰就掉下一堆鐵鏽，不好再坐人。

雲泥被李清潭牽著手走在江邊，江水其實遠沒有看過去那麼渾濁，她故意踩著拍打到岸灘上的江水，濺在他的鞋上。

她一邊踩一邊問：「聽說蔣予要結婚了？」

「差不多，畢竟他也老大不小了。」

「喂，你搞清楚情況好嗎，蔣予才比我小一歲。」雲泥戳著他肩膀：「你怎麼好意思說人家老大不小了？」

李清潭忽地嘆了口氣：「好像也是，所以，妳什麼時候能讓我也過上這種合法的生活？」

「那看你啊。」雲泥轉過身，面朝他倒退著走路：「難道不該是你先有什麼表示嗎？」

「好好走路。」

李清潭突然停住腳步，暮色攏著他修長筆直的身形，少年清瘦的臂膀在歲月的打磨下已然成長為可以擔下一片天的男人。

他直勾勾地看著她：「那要是我現在求婚，妳會不會答應？」

「啊？」雲泥顯然有些被嚇到，而後便是說不出來的慌亂：「那那那也沒有這麼突然的吧？」

「求婚不就是要出其不意？」李清潭看她越發緊張起來的神情，忽然往前一步，將人擁進懷裡：「等下一個夏天，我們就結婚。」

「好呀。」雲泥也用力回抱著他，下巴抵著他的肩膀蹭了蹭：「我太喜歡夏天了。」

它熾熱而美好，雖然短暫，但只要彼此都在，往後的每個夏天都值得紀念。

〈秋〉

雲泥的生日在立秋之後，節氣雖然到了秋天，但盧城的氣溫卻仍舊停留在酷暑的悶熱當中。

她這個暑假難得沒什麼事，不用跟專案也不用滿世界跑，在家裡陪雲連飛待了幾天，老父親越來越嫌棄她，每天都催著她早點去上海，別留在家裡煩他。

雲泥當然不樂意這麼熱的天還要往外跑，非賴在家裡又住了一個星期，最後還是李清潭親自回盧城接人。

「我爸怎麼看我越來越像兒媳婦，看你反倒越來越像兒子了。」在去上海的車上，雲泥抱怨道：「這不科學啊，不是說岳父看女婿，怎麼看怎麼不順眼的嗎？怎麼現在還反過來了？」

「嗯，只能說明我足夠優秀。」

「……」雲泥：「大家都是成年人了，真誠點不好嗎？」

李清潭伸手在她腦袋上揉了一把，把她懷裡睡熟的貓抱到了自己腿上，感受到手裡的重量後，他驚嘆：「好傢伙，還真對得起牠的名字。」

貓是英短藍白，叫肥牛，是雲泥今年生日從李清潭那裡收到的生日禮物，另外還有一隻柯基，叫蝦醬。

關於這兩個寶貝的名字來自電視劇《琅琊榜》。

寒假那幾個月，雲泥和李清潭悶在家裡不能出門，也不是一天二十四小時都是念書和工作，沒什麼事情時兩個人就窩在房間裡看電視。

劇裡有兩個角色，一個叫夏江，一個叫飛流。

雲泥吃飯時換成用 iPad 追劇，開了彈幕，無意間看見觀眾叫這兩人蝦醬和肥牛，笑得她一口湯嗆在喉嚨裡，咳了半天才緩過來。

後來收到禮物之後，她腦海裡第一反應就是這兩個名字。

「不能怪我，都是我爸太寵肥牛了，不停投餵牠。」雲泥想起來覺得好笑：「我發現網友說的父母養貓前後的反應太真實了。」

「我爸就是打臉典範。」

「我那天剛把貓帶回去，他真的超級嫌棄，一天說八百次，掉毛的東西有什麼好養的！」

「誰能想到現在，我要把蝦醬和肥牛都帶走，他還板著臉問我，肥牛帶去就算了，蝦醬妳帶著幹什麼，那麼大的城市，萬一妳遛狗繩子沒拴好，牠跑了怎麼辦？」

李清潭：「……」

他還真沒看出來雲連飛是這種性格的人。

肥牛到上海的第一天，可能有點水土不服，吃什麼都不香，蔫蔫的窩在雲泥懷裡，一挪開就「喵喵」叫，聽著特別可憐。

雲泥心疼的不行，一天什麼都不做，只顧著照顧牠，連上廁所也都帶著牠一起。

李清潭這些都忍了，但等晚上睡覺見她也抱著貓進臥室，看著像是要帶貓一起睡覺時，他忍不了。

「雲泥。」

「嗯？」雲泥還沒意識到什麼，把貓放到了床邊的椅子上，忽地反應過來他剛剛是叫了自己的名字，而不是「學姐」。

她回頭看過去：「怎麼了？」

李清潭指著椅子上毛茸茸的一團，眉心直跳：「妳要帶牠跟我們一起睡？」

「不行嗎？肥牛坐了一天的車了，而且晚上也沒吃多少東西，我怕牠夜裡害怕。」雲泥說：「牠在家也跟我睡一張床的。」

「我幫牠準備了貓窩。」

她眼睛一亮：「那我能搬到臥室裡來嗎？」

李清潭面無表情地搖頭。

「……」現在貓在雲泥這裡的分量顯然要大於李清潭，「那你去客廳睡，我和肥牛睡臥室。」

「？」

雲泥被他的小家子氣逗笑：「你幹嘛呀，本來就是你送我的生日禮物，怎麼你還先嫌棄起來了。」

李清潭也不讓步：「今天有牠沒我。」

「我選牠。」

「……」

他！要！被！氣！死！啦！！！

和一隻貓爭風吃醋的最終結果就是，李清潭在女朋友的威脅之下，不得不割地賠禮，將自己的床分出去一小點。

但他也不是一點好處都沒討到。

畢竟李清潭有的是辦法在其他地方讓自己討回「公道」，不就是把床分出去一點嗎。分就分了唄。

反正浴缸也能擠得下兩個人。

也不知道李清潭那個晚上到底幫自己討回了多少「公道」，反正後來雲泥再也沒提過把貓帶進臥室的話。

一晃暑假結束。

雲泥這學期升讀博士，因為一直跟著周教授的緣故，她也不用提前聯絡導師之類的。

硬是拖到報到最後一天才從上海回去，廬城的機場離學校太遠了，機場巴士再轉也很麻煩，她每次都是坐高鐵回去。

但乘坐高鐵就無法帶貓，好在李清潭中秋節有假，「我放假開車帶牠回去，也就十幾天了。」

只是雲泥不是很放心呢。

她不停問：「你會好好照顧牠的對嗎？」

李清潭被問煩了：「妳不如坐飛機回去，或者我找個專門寄送寵物的物流公司，幫妳寄回去？」

「好嘛好嘛，我開玩笑的。」話是這麼說，但雲泥走之前，還是把貓抱到了體重計上，對著上面顯示的數字拍了張照。

李清潭：「……」

他到底為什麼要送她這個生日禮物讓自己心煩。

一人一貓送雲泥到高鐵站，李清潭提著行李送她上樓檢票。

她抱著貓走在後面：「肥牛寶貝，姐姐回去了，哥哥要是不給你吃飯，你記得回來和我告狀。」

「平時沒事也別去打擾哥哥，小心他把你送走，我知道寄人籬下很苦，但沒事的，你撐住，很快就能回家了。」

她聲音小，又說得很快，李清潭沒聽清楚，回頭攬著她肩膀問：「跟肥牛說什麼呢？」

「我讓牠好好照顧你。」

「呵呵。」李清潭抬手捏了下她的耳垂：「妳覺得我會信嗎？」

「……」

真要走了，雲泥捨不得的還是人，提著行李檢票進站，一回頭看見站在外面的一人一貓，眼睛倏地一酸。

唉，這戀愛談的。

送完人，李清潭帶著貓回家，面對著滿室的冷清，忽地也有些孤單落寞的感覺。

肥牛像是察覺到他的情緒，窩在他腳邊，抬起一隻爪子「啪嗒」一下踩在他的腳背上：「喵。」

李清潭說起來也不是真的不喜歡肥牛。

當初去貓舍，布偶、矮腳、銀漸層、金漸層等等各種品種的貓，漂亮得不像話，但他一眼看見的就是窩在角落的這隻英短藍白，也不是說牠不漂亮，牠也不遜色，只是夾在那麼多漂亮的貓裡不夠顯眼。

但李清潭還是看見了牠，並且將牠帶回家。

此刻，他彎腰將肥牛抱起來，手在牠腦袋揉了兩下：「怎麼辦，這才剛分開，我就已經開始想她了。」

肥牛也聽不懂：「喵。」

他低聲笑：「我和你說什麼呢，你也聽不懂。」

「喵。」

「……」

今年中秋節剛好和國慶同一天，李清潭提前一天從上海回了廬城，錯開了節假日出行的尖峰時間。

肥牛縮在雲泥買給牠的航空箱裡，撥弄著自己平常愛玩的小玩具，也沒出現什麼不良反應。

但李清潭還是不太放心，中途經過幾個休息區都停下來帶肥牛下去透透氣，順便打電話給雲泥彙報自己的行程。

『快到了和我說一聲，我下樓去接你們。』雲泥拿著手機走到陽臺：『盧城降溫了，你記得下車穿件外套。』

「好，妳在幹嘛呢？」

『做月餅，我前幾天看一個博主在家裡自己做月餅，還挺好玩，我就買了點食材準備自己做一些，你有什麼特別喜歡吃的餡嗎？』

「五仁。」

『……』雲泥簡直不敢相信，她敢說，五仁月餅絕對可以排得上月餅屆的黑榜榜首。她驚訝：『你口味還真獨特。』

李清潭沒聽出她話裡的調侃，彎腰撈起肥牛往車裡走，想著馬上就能見到她，心裡滿是柔軟：「掛了，晚點見。」

『好。』

雖然錯開了假期的尖峰時間，但從高速公路下來進入盧城市區之後，李清潭還是在路上塞了一下。

老社區對車輛來往管控不嚴格，他直接開進了社區。

李清潭在熟悉的公寓大樓下看見站在那裡的一人一狗，輕按了下喇叭，等雲泥抬頭看過來，才將車子緩緩停在路邊。

他抱著貓從車裡下去。

雲泥笑著跑過來，蝦醬屁顛屁顛跟在她身後，小短腿奔跑起來，渾身的毛都在顫動，可愛極了。

李清潭本來都做好去抱她的準備了，結果她人跑到眼前，直接伸手把貓抱過去噓寒問暖，也不管人家能不能聽懂。

「……」

他低頭和停在腳邊的蝦醬大眼看大眼。

行吧。

人不如貓。

這在他們家不是常態嗎？

〈冬〉

肥牛比蝦醬還黏人。

國慶假期那幾天，李清潭和雲泥窩在家裡哪裡也沒去，沒事看看電影，滑社群網站看網友分享外出旅行結果卻塞在高速公路上的趣事，不比出去玩少樂子。

每當這個時候，肥牛都會趴在沙發旁的墊子上喵喵叫，直到雲泥把牠抱起來放在懷裡才會停下來。

相對的，蝦醬就顯得獨立許多，自己在陽臺玩球，也不吵著鬧著非要主人抱。到晚上睡覺也是，肥牛習慣和雲泥睡一起，一到時間比李清潭還積極，乖乖窩在床尾動也不動。

李清潭和蝦醬深刻認知到自己在家裡的家庭地位，沒資格和肥牛爭搶，一人一狗什麼也不敢說。

早上醒來，雲泥和貓還在睡，李清潭接下了遛狗的任務，幫蝦醬套上牽引繩，兩人一起下了樓。

初秋的清晨霧氣朦朧。

蝦醬很喜歡下樓玩，一出電梯，小短腿用力地跑，李清潭差點被他帶摔倒。

「蝦醬。」他停住腳步，手裡拽著繩子，蝦醬被牽制住，回頭莫名其妙看著主人，哼哧哼哧的。

李清潭心又軟了，嘆了聲氣，蹲下身捋了把牠的腦袋，「你跑慢點，我跟不上你。」

蝦醬：「汪！」

也不知道是聽懂了還是沒聽懂，反正還是用力地跑，尤其是看見社區其他住戶的狗，簡直就跟看到大棒骨似的，跑得比什麼都快。

李清潭：「……」

這沒出息的！！！

回去之後，李清潭就和雲泥說了這事，順口提了句：「我記得蝦醬是公的，狗狗都是幾歲開竅？」

雲泥之前有專門查過這方面的科普知識：「差不多八個月的時候會有一次發情期，但那時候狗狗身體還沒發育完全，醫生一般都不建議在這個時候配種繁殖，再大點就是一歲半左右，不過我看很多養貓養狗的家庭都會帶牠們去做結紮手術，這樣也能相對延長寵物的壽命。」

蝦醬和肥牛都是在快三個月左右被李清潭領養回來的，養到現在還差幾天才滿五個月。

既然提到結紮的事情，李清潭後來去諮詢了專業的工作人員，也上網查了很多資料，為了這兩個寶貝的身體健康著想，他和雲泥決定等到牠們滿六個月之後帶牠們去做結紮手術。

不過做結紮手術沒問題，但誰帶牠們去做卻成了一個問題。

雲泥之前在寵物之家的論壇裡看到很多網友發文章抱怨，說自己帶了家裡的貓去做結紮手術之後，貓回來就不怎麼親近她了，也不讓她摸，怎麼哄都沒用。

底下還有很多人也是一樣的回覆。

雲泥看得發愁，她無法想像肥牛和蝦醬不親近自己的畫面，一想到就頭疼。

她不想，李清潭自然也不想，他本來和牠們相處的時間就不多，好不容易培養了點感情，可能就這麼一刀切了。

雲泥：「可是我看了行程表，手術那天我正好要和周教授去開一個很重要的會議，我不去不行的。」

李清潭：「真是不巧，我那天也有個會要開。」

雲泥：「我要開一整天。」

李清潭：「我要開一週。」

雲泥：「……」

小情侶爭執不休，誰也不肯讓步，吵是吵不出什麼結果了，雲泥便開始劍走偏鋒。

一連兩週都不去上海看他，打電話不接，傳訊息也是隔了好久才回，久而久之李清潭也品出其中的味道了。

好。

不就是「冷戰」嗎，誰還不會了。

他也開始故作神祕，忙起來時最長有三天都沒聯絡，弄得雲連飛還以為他們感情出問題了。

雲泥也是真的忙，雲連飛抓不到她人，偶爾打電話也都是草草說幾句，更別提問感情的事情了。

他只好抽空打電話給李清潭，沒想到這一打就打出了問題。

李清潭住院了。

喝酒喝的。

雲連飛聯想到最近他和雲泥的情況，一拍大腿，完了，可不就是感情出了問題，連忙打了通電話給女兒，劈頭蓋臉訓了一頓。

雲泥也愣啊。

她知道李清潭最近在忙一個跨國併購的案子，加上自己也忙，就沒過去上海，可誰知道就出事了呢。

雲連飛還在說：『妳說說你們倆，都多大的人，還吵架鬧成這樣，說出去不丟人啊……』

雲泥擔心李清潭的情況，沒跟父親多說，下午就請了假去上海，到了才聯絡他。

電話沒人接。

她又打電話給李清潭的助理，對方說李總剛吃藥睡下了，還問要不要派人來接。

「不用，你把地址給我，我自己過去。」雲泥坐計程車去了醫院，一路上風風火火，到了病房外看見人好好的躺在病床上，才鬆下那口氣。

楊助理幫她倒了杯熱水。

「謝謝。」雲泥端著水杯，問了句李清潭的病因。

飲食不規律加上空腹喝酒引起的急性胃出血。

「公司最近在忙一個大案子，李總是牽頭人，有些應酬推不了。」楊助理說：「昨晚住進來的，他怕您擔心，才沒讓我們通知您。」

「我知道了，辛苦你。」雲泥放下水杯：「我留在這裡就行，你有事就先回公司吧。」

「好，您要有什麼需要就打電話給我。」

雲泥點點頭，送人出門又回到屋裡，搬了張凳子坐在床邊，李清潭睡得很沉，臉色蒼白寡淡。

她說不上來到底是生氣多點還是心疼多點，拿起他的手放進被子裡，又開始聯絡周教授說請假的事情。

之後還打了電話給雲連飛，讓他抽空過去一趟她的住處，把肥牛和蝦醬接回家。

雲連飛擔心她和李清潭的情況，多問了幾句。

雲泥說：「他住院跟我們吵架這件事沒關、啊不對，我們根本就沒吵架，您別擔心了，我可能要在上海留幾天，這陣子廬城降溫，你帶蝦醬出門的時候注意點，多穿點衣服，別冷到了。」

『我知道，妳好好照顧人家。』

「嗯。」

李清潭已經幾天幾夜沒睡過一個完整覺了，加上下午吃的藥裡有安眠的作用，他睡到晚上才醒。

病房裡開著燈，主治醫生交班前過來查房，雲泥拎著水壺跟在後面。

他沒想到她會過來，一抬眼看見人，還愣了一下，礙著有外人在，也沒說什麼。

醫生照例問了些常規情況，抬手拿起床尾的病歷，邊簽名邊說：「多注意休息，這幾天飲食也要清淡，再觀察兩天，沒什麼情況就可以出院了。」

雲泥點點頭：「好的，謝謝醫生。」

等人出了病房，李清潭才啞著聲問：「妳什麼時候過來的？」

雲泥幫他倒了杯熱水：「下午。」

「小楊通知妳的？」李清潭接過水杯，又握住她的手：「我不是讓他不要說嗎。」

「不怪小楊，是我爸打電話給你知道的。」

「叔叔？」李清潭問：「叔叔找我有事？」

「他以為我們吵架了。」雲泥把手抽回來，坐到床邊的椅子上，和他離了些距離。

「吵架？怎麼回事？」

雲泥言簡意賅的解釋了一遍，又問：「你餓不餓，小楊晚上送了些粥過來，你要吃點嗎？」

「等等吃。」李清潭放下水杯，作勢要下床卻又沒什麼力氣，抬頭朝雲泥看過去。

她輕嘆，只好起身走過去。

李清潭順勢握住她手腕往前一扯，將人扣在懷裡：「生氣了？」

雲泥臉埋在他肩側，沉默著。

「我就是怕妳擔心，也不是什麼大問題，妳剛剛不也聽醫生說了嗎，再觀察兩天，沒什麼情況就可以出院了。」

「李清潭。」她撐起手臂看著他，還沒怎麼說，眼睛就紅了，「你怎麼那麼煩人啊。」

他抿著唇，沒說話。

「我是不是讓你好好吃飯，讓你少喝點酒。」雲泥從他懷裡退出來，抬手抹了下眼睛。

李清潭不讓她走遠，用力抓著她一隻手，「我錯了，以後不會這樣了，妳別哭。」

「我現在不想跟你說話。」

「嗯，那不說，陪我躺一下。」李清潭臉色蒼白，說話也有氣無力的。

雲泥免不了還是對他心軟，脫了外套和鞋掀開被子躺下去，只是不主動開口說話。

李清潭不能側臥，肩膀抵著她的後背，扭頭看了她一眼：「妳來上海，蝦醬和肥牛怎麼辦？」

沉默。

「我手機妳看到了嗎，我想打通電話給叔叔。」

還是沉默。

「我怎麼也要解釋一下，我們沒吵架也沒冷戰，住院也是因為工作上的事情。」

依舊是沉默。

李清潭嘆了一聲氣，手指戳了戳她的肩膀，聲音放得更軟：「學姐。」

雲泥不耐煩了，猛地坐起來，抬手捂住他喋喋不休的嘴巴：「你怎麼生病了還那麼囉嗦，再說我揍你了。」

李清潭眼睛彎了彎，親了下她的手心：「我不說了。」

雲泥嫌棄似地在他病人服上擦了擦，又捏著他的臉質問：「如果不是我爸打電話給你被小楊接到，你是不是打算一直瞞著我？」

他沒說話，但看樣子等於默認。

雲泥還是很生氣：「我是不是你女朋友啊，你這樣人家說不定還以為你沒女朋友呢。」

「不會。」

「怎麼不會？」

李清潭拿出手機，桌布是她，聊天背景也是她，連社群軟體的背景圖也是她。他不常發文，僅有的十篇也都有她的影子。

他辦公室還有一張他們的合照，就擺在桌上：「全公司的人都知道我有女朋友。」

雲泥被哄開心了點，但還是嘴硬道：「全公司都知道你有女朋友，結果呢，你生病了，女朋友都不來照顧。」

李清潭由著她耍小性子：「是我做錯了，等出院了我回去給妳跪鍵盤，跪榴槤。」

「我才不要你跪，我要你補償我。」

李清潭笑了下：「妳想要什麼補償？」

「下個月……」她才起了個頭，李清潭便隱約猜出幾分，安靜聽著她下文：「下個月蝦醬和肥牛的結紮手術，你帶牠們去。」

「……」

李清潭最終還是沒有答應「喪權辱國」的補償，雲泥為此和他生了好久的悶氣。

他出院那天是感恩節。

公司雖然批了李清潭的假，但他住院那幾天還是沒閒著，雲泥到的第二天，就開始在病床上處理公務。

需要出面應酬的全都交給了公司另外一個負責人，他做背後的資料。

出院之後，雲泥沒空在上海久待，託楊助理找了個阿姨照顧李清潭的飲食起居。

她買二十八號一早的車票。

臨走前一天晚上，李清潭抓著她消磨時間，折騰到後半夜，洗完澡兩個人躺在床上聊天。

雲泥雖然睏，但也還記得和他約法三章：「不准不按時吃飯，在家裡阿姨每天會打電話給我彙報，在公司我會讓楊助理盯著你。」

「嗯。」他低頭在她脖子上又咬又吮。

「少喝酒，你這次不是胃出血住院了，再有應酬，你就拿這個當藉口，應該沒人會強迫一個有胃病的人喝酒吧？」

「這次是意外，我平時應酬很少。」李清潭親著親著又來了興致，堵住她說不停的嘴，「都答應妳，但我要先幹點正事。」

雲泥推不動他，嗚咽著承受。

次日，雲泥不小心睡過頭，一看時間早已錯過高鐵，氣得差點拿枕頭捂在李清潭臉上。

好在他也不是那麼不負責任的人，在她火急火燎下床收拾東西時說了句：「我幫妳改簽到下午了，就知道妳會睡過頭。」

雲泥一愣，也不著急收拾東西，拖著又疫又澀的腿重新躺回床上，還不解氣，猛地一腳將毫無防備的李清潭踢下了床。

好在李清潭為了方便，在床邊鋪了一層軟綿綿的地毯，摔下去也不疼，扶著床沿坐起來笑道：「怎麼一點良心都沒有，要不是我好心幫妳改簽車票，妳早就錯過了。」

「怪我嗎？」雲泥腦袋埋在被子裡：「要不是你，我需要改簽嗎？」

李清潭自知理虧，摸著鼻尖站起來，去浴室洗漱了下，又回到房間：「我叫個餐，妳想吃什麼？」

「吃個屁，別煩我，我要睡覺。」

「昨晚誰說的，三餐要正常吃？」李清潭將被子往下拽了拽：「妳這麼睡不悶啊。」

「不悶。」

「那吃什麼？」

「我不吃，我又沒胃出血，三餐要正常吃的是你。」

「那妳起碼也要以身作則啊。」

「李清潭。」

「嗯？」

「趁我現在還能好好跟你說話。」雲泥閉著眼睛，又把被子扯過來蓋到腦袋上，「請你、馬上、滾出這個房間。」

李清潭笑了出來，也不再煩她，但餐還是叫了兩份，自己吃了一份，留了一份給她。

雲泥回籠覺睡到十二點，起來洗了個澡，李清潭停下工作幫她把餐放微波爐裡熱了下。她洗漱完換好衣服，坐在桌邊吃東西，他捧著白開水坐在對面看著她吃，「我等一下還有個視訊會議，我讓小楊送妳去車站。」

「不用，大週末的就別麻煩人家了。」雲泥噎住了，接過他遞來的水喝了一口：「阿姨要下個月一號才能上班，你忌口的太多了，到時候人家做什麼你也別太挑。」

他點了下頭。

雲泥還是不放心：「這樣吧，你發個誓。」

「什麼？」

「你要是不好好吃飯，你就——」雲泥腦海裡跳出幾個影視劇裡人家發毒誓時的專用詞彙，總覺得不太合適，斟酌了一下才說：「你就，不到三十歲就會禿成地中海。」

「……」

「發吧。」

李清潭拒絕：「我禿頭了，丟的不還是妳的臉？」

「那你的意思就是，你還是不會好好吃飯？」

「沒有，飯我會好好吃，妳別擔心了，大不了我每天吃飯的時候都拍張照片給妳。」

「這難道不是你應該做的嗎？」

「……」

那個誓李清潭堅決不肯發，雲泥也拿他沒辦法，「反正，你要是再因為胃的毛病住院，你看我會不會理你。」

「不會了。」李清潭送她去社區門口坐車，「妳也別光顧著說我，妳自己有多久沒按時吃過早餐了，能不能當個榜樣？」

雲泥拿過他手裡的行李箱，笑咪咪道：「我們九五後的事情，你少管。」

李清潭：「……」

步入十二月，盧城的氣溫陡然下降，一天比一天冷，不知不覺就快到了讓兩寶做結紮手術的日子。

雲泥和李清潭仍舊在為誰帶貓狗去寵物醫院的事情爭執，反正就是誰也不肯鬆口讓步。

手術前一週，雲泥看肥牛和蝦醬的眼神多了幾分憐惜，怎麼這世上還有這種手術呢。真是貓生可憐，狗生也不幸啊。

手術前有很多要注意的事項，檢查也頗多，那幾天李清潭也特地請了假，每次去醫院做檢查都是他和雲泥一起。

既然都不肯讓步，那就大家一起承擔這一刀切的結局。

手術安排在十二月十四號，本來十三號已經不用去檢查了，但李清潭又接到寵物醫院電話，說是再來一次。

他只好和雲泥過去一趟。

臨出門，雲泥接到梁岑電話，說是有點事，「不然你先帶牠們過去吧，等晚點我直接去醫院找你們。」

李清潭也沒多想：「好，那妳來的路上注意安全。」

「知道了。」雲泥揉了揉兩寶的腦袋，看起來非常捨不得的樣子，轉身回了房間。

寵物醫院在市中心，李清潭到了之後將肥牛和蝦醬分別交給各自的醫生，像往常一樣等在外面。

奇怪的是，今天的檢查時間比往常還長很多，他覺得奇怪，就去找工作人員問了下怎麼還沒出來。

「狗狗的手術已經結束，正在做術後檢查，等一下還要打點滴，母貓的手術時間會比較長一點，您稍微等一下。」

李清潭愣了下：「手術？手術不是明天嗎？」

「您女朋友昨天和醫生說把手術時間提前了一天，手術同意書都已經簽過了。」工作人員驚訝道：「您不知道啊？」

「……」

他知道個屁。

李清潭當時一陣火大，沉著臉走到一旁打電話找她興師問罪，她也沒否認，小心翼翼地問：『手術結束了嗎？』

他忍著想罵人的衝動：「妳膽子真夠大的。」

『我錯了嘛。』雲泥小聲辯解：『那本來就是我帶肥牛和蝦醬的時間比較多嘛，那要是牠們跟我不親了，我怎麼辦啊。』

「妳還挺有理。」

雲泥不敢說話了。

李清潭威脅道：「妳死定了。」

『……』

雲泥其實一早就來了寵物醫院，只是坐在對面飲料店沒過去，聽到李清潭這句話，後背一涼。

但一想到，肥牛和蝦醬不會因此和她生分，多少還是有些安慰，死定了就死定了吧。

一直等到醫生打電話過來，她才秉著破釜沉舟的心從飲料店走出去。

夜色來襲，初雪悄然降臨。

雲泥形色匆匆，穿過車流，推門走進醫院，熟門熟路的上了二樓。

肥牛和蝦醬都已經打完點滴，趴在病床上蔫蔫的。

牠們都是在熟悉的地方才會胡鬧，在陌生環境膽子都比較小，醫生不建議住院，只交代了一些術後的注意事項，「現在還不能進食，過了四五個小時可以餵一點水和流質性的食物，頸圈要隨時帶著，以防牠們去舔舐傷口，手術後情緒可能會有點暴躁，緩一緩就好了，回去之後如果有什麼情況，一定要及時和我們聯絡。」

李清潭說：「好的，謝謝醫生。」

回去的路上，兩個小傢伙縮在各自的航空箱裡一動也不動，看著特別讓人心疼。

醫生交代術後不要隨意觸摸貓狗的腦袋，以防被抓傷，雲泥也不敢碰牠們，也不敢和李清潭說話。

一直沉默到家裡，等將肥牛和蝦醬各自安頓好，她才拉住一直黑著臉的李清潭，軟聲道歉：「對不起，你別生我的氣了嘛。」

李清潭不說話也不理她。

雲泥湊過去坐在他腿上，捧著他的臉連親了幾下：「我真的知道錯了，我以後不會了。」

李清潭哼笑了聲，依舊黑著一張臉不說話。

「等肥牛和蝦醬恢復好了，我讓你把牠們帶到上海單獨相處一陣子，你看這樣好嗎？」

「不用，我沒空照顧牠們。」

「不是還有阿姨嗎！」雲泥說：「你別擔心，我看論壇裡好多人都說了，只要你寵著牠們，貓咪和狗狗會原諒你的。」

「原諒我？」

「不是不是，就是不會不親近你。」雲泥捏了捏他臉上沒有多少的肉，「真的，我也會每天都和牠們說你的好。」

李清潭不想和她說，起身要走。

雲泥倏地摟住他，整個人掛在他身上，湊在他耳邊不知道說了什麼，越說臉越紅，聲音也越來越小：「……你看這樣可以嗎，哥哥。」

靠。

哥哥和其他的稱呼肯定是不一樣的，再加上她剛剛說的那些話，聽著更是曖昧。

李清潭眸光沉沉，抬手兜住她：「三次。」

「有你這麼坐地起價的嗎！」

「六次。」

雲泥抬起頭，不滿道：「李清潭！你是人嗎！」

「九——」

「好好好，三次就三次。」雲泥紅著臉：「不能再多了。」

「好，成交。」李清潭沒鬆開手，抱著她往臥室走，抬腳踢開門又將門帶上：「那就從今晚開始。」

「等等——」

「不等。」

接著便是一陣衣衫摩挲的曖昧動靜，只不過聽起來，好似比平常要稍微輕緩幾分。

深夜，初雪未歇。

浴室的水聲響了一下又停了下來，李清潭擦著頭髮從裡出來，見隔壁臥室亮著燈，抬腳走了過去。

家裡沒暖氣，貓和狗都需要靜養，雲泥怕牠們冷，就把貓窩和狗窩都挪到次臥。

門一推，空調的暖風撲面。

雲泥先洗澡，穿著冬天的睡衣，背朝著門口蹲在狗窩那裡，小聲的嘀咕。

李清潭聽得不清楚，輕手輕腳靠近了些。

「要怪就怪李清潭，是他帶你們去做結紮手術，讓你們吃這個苦，太可憐了，等你們好了，都不要理他。」

「……」

番外二　一天

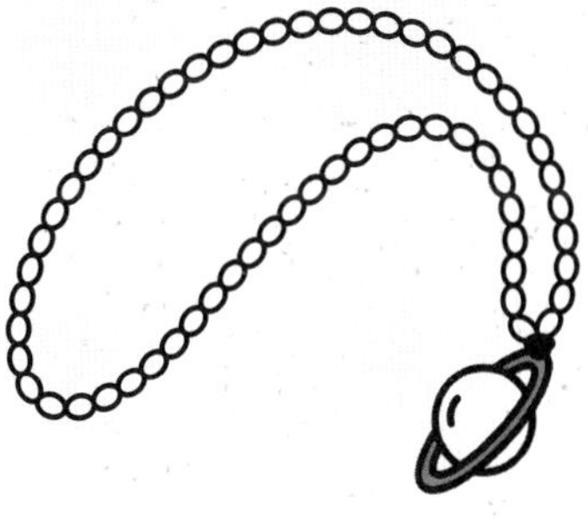

〈早〉

二〇二〇的年末，雲泥和李清潭在週末休息時去了趟南京的雞鳴寺。

民間信仰中，當祈求的願望得到一個滿意的結果後，便按照事前的約定還願，在佛教看來，許願是一種承諾，還願是踐行自己的承諾。

而如果一年中為家人求平安、安太歲，最好在年底之前來廟裡祈福還願，感恩菩薩在這一年中為家人庇佑平安健康。

李清潭在墨爾本的那幾年，雲泥每年冬天都會來一趟南京。

她在雞鳴寺許下的願望不多，一不求錢財，二不為功名，只有寥寥兩個。

一是希望父親平安。

二是希望他能回來。

很幸運，每一個都實現了。

金陵城的初雪來得晚，山間長路遙遠，春天盛開的櫻花，在冬天落敗，枝幹嶙峋，來往行人頗多，人聲喧嚷。

雲泥和李清潭沿著長坡走到頂端，點完香還完願，路過廟中掛燈的地方，李清潭又去找師父買了張許願木牌。

她站在一旁，沒去看他在木牌上寫了什麼，等師父找到相應的燈把許願牌掛上去後，兩人順著廟宇裡的指示路牌一路往裡面逛著。

從石階上了古長城，對面是波光粼粼的玄武湖，南方冬季的風帶著凜冽的冷意，讓人刺骨發寒。

雲泥把冰涼涼的手塞進李清潭的外套口袋裡，被他捉住手指暖了下才問：「你剛剛在許願牌上寫了什麼？」

李清潭捏著她的指尖，沒說話。

「嗯？」

他偏頭看過來，又捏下她的指尖才說：「雲泥。」

她下意識應了一聲，但很快又明白過來他並不是在叫她，彎唇笑了下：「那這個願望好像有點容易實現。」

李清潭神情愉悅而滿足，放在口袋裡的手和她十指相扣，「嗯，那就明年再來還願。」

「好呀。」

古城牆上實在太冷，雲泥和李清潭還沒怎麼逛就按著原路返回了，路過廟中掛燈的地方，她忍不住回頭看了眼。

繁多的木牌在風裡叮叮噹噹響，李清潭剛掛上去的那一個夾在其中並不太能找得見。

風吹過，陽光落進長廊。

雲泥收回視線，看著眼前寬闊而挺拔的身影，腦海裡逐漸想起當年和他初遇時的場景。

少年坐在冷白的光影裡，神情冷淡，好似對什麼都不在意。

她那時候在想什麼？

雲泥快記不清了。

走在前面的李清潭意識到她沒跟上來，停住腳步，回頭看過來，陽光落在他肩上。

男人站在光亮裡，神情溫柔：「過來。」

她笑了起來，小跑著走下臺階朝他而去：「李清潭。」

「嗯？」

「你還記不記得我們第一次見面的時候？」

「記得，一輩子也忘不了。」男人的聲音低沉而溫和：「妳那一巴掌直接把我嚇清醒了。」

「……喂！」雲泥：「這個就不用記住了，好嗎。」

「那怎麼辦，我就記住這個了。」

「……」

兩人的身影逐漸遠去，話語的尾音被風吹散。

不遠處的長廊裡，一塊剛掛上去不久的許願牌被風吹得搖搖晃晃，上面的黑色字跡夾在其他許願牌中若隱若現。

願她所求皆圓滿。

落款是，李清潭。

從南京回來不久，新的一年將至。

二〇二〇年的最後一天，李清潭提前從上海回了廬城，雲泥一天都在忙，直到下午才回來。

她一進屋，肥牛和蝦醬就撲騰著小短腿跑了過來。

論壇裡的網友說的沒錯，自從結紮手術之後，這兩個小傢伙在無形中的確是疏遠了李清潭。

就連肥牛這麼愛黏人的性子，就算單獨和李清潭在家裡，也不怎麼往他身邊湊，懶趴趴的縮在自己的窩裡，任他怎麼哄都不理。

雲泥彎腰在牠們腦袋上摸了摸，又朝屋裡看了眼，李清潭的行李箱靠在沙發旁，但人不在。

「李清潭？」她邊說邊朝臥室裡去，推開門，屋裡的窗簾拉著，光線昏暗，他正睡著。

雲泥解了圍脖和外套放在一旁的椅子上，輕手輕腳走過去，拿了睡衣又去了外面。

跟進來的肥牛瞧見她拿睡衣，誤以為她也要睡覺，蹲在床邊猶豫了一下直接竄上了床，趴在自己的老位置。

肥牛手術後被養著，體重與日俱增，這麼一大力蹦上去，直接坐到了李清潭的腳上。

睡夢中的人被驚醒。

「嘶。」

李清潭還沒睜眼，被子裡的腿動了動，差點把肥牛掀下床，小傢伙不樂意地「喵」了聲。

他這才完全清醒，直起上半身，看清趴在床尾那團毛茸茸的肥牛，伸手一把撈了過來。

肥牛跟炸毛了一樣，不停叫喚掙扎著要下床，雲泥從外面就聽見這動靜，匆忙跑進來：「怎麼了？」

她又看著李清潭：「肥牛吵醒你了？」

「嗯，一屁股坐在我腳上，我還以為怎麼了。」李清潭鬆開手，肥牛「嗖」地一下就從床上跳了下來，跟逃命一樣飛快地跑出了臥室。

「……」

「……」

雲泥哪能不知道肥牛這麼抵觸李清潭的原因是什麼，忍著笑：「嗯……牠最近就是有點叛逆。」

李清潭很淡地笑了下，顯然是不相信。

在這件事情上，雲泥確實理虧，也不敢像平時一樣和他爭輸贏，走到床邊蹲著，討好似的看著他：「你晚上想吃什麼，我下廚。」

「沒想好。」李清潭往旁邊挪了挪：「再睡一下。」

她「哦」了聲，掀開被子躺過去：「我今天聽我一個學妹說了件事。」

「什麼？」

「她昨天也和男朋友去了雞鳴寺。」

「怎麼？」

「她聽南京當地人說情侶去了雞鳴寺，菩薩要是覺得好，就不會分手，菩薩要是覺得不好，早晚都會分手。」雲泥枕著他手臂，笑著問：「這菩薩是不是有點可愛。」

李清潭也是第一次聽說這傳聞，話裡也帶著笑意：「確實可愛。」

「那你說菩薩會怎麼看我們？」

他想了會，慢悠悠道：「天造地設。」

「……」

「天作之合。」

「……」

「郎才女貌。」李清潭捏了下她的臉：「怎麼不說話了？」

雲泥轉過頭看著他，一本正經道：「我想看看你到底能有多自戀。」

李清潭沒忍住笑了出來，胸腔微顫著，「坦白來講，我剛剛只不過是在陳述事實，跟自戀還扯不上關係吧？」

「哦。」

「不也誇了妳嗎？」

「我謝謝啊。」雲泥揉著他的臉：「菩薩見了你這麼自戀的人恐怕都不想理。」

「……」

李清潭說再睡一下，沒想到兩個人直接一覺睡到了晚上八點多，冬季天黑得早，氣溫又低，雲泥懶得出門：「不如點外送吧。」

她在浴室洗漱，李清潭一邊拿水壺裝水，一邊拿手機在看外送，問了句：「想吃什麼？」

雲泥低頭吐掉嘴裡的泡沫，探了個腦袋出來：「火鍋。」

「好。」李清潭叫了海底撈的外送，今晚是跨年夜，外送員來得遲，等開始吃時也都快十點了。

吃飽收拾乾淨，雲泥和李清潭下樓丟垃圾，順便消化。

冬夜寒風凜冽，社區裡亮著昏黃的燈，萬家燈火齊升，平白添了幾抹人間煙火氣。

後來回到家裡，因為下午那一覺，兩個人都沒多少睡意，躺在床上各忙各的事情。

十二點時，雲泥滑到很多人發的動態，她一篇篇按完讚，按兩下手機頂端返回到最上面位置。

動態自動刷新，彈出一篇新貼文。

李清潭：『又一年。』

配圖是一張照片，她坐在落地窗前的地板上，肥牛和蝦醬分別蹲在一旁，玻璃上映著他的身影。

窗外是萬家燈火。

雲泥放下手機，同一時刻，李清潭放在桌上的手機響了一聲，他伸手拿到眼前。

在又一年的貼文下，有一則新的留言。

雲泥：『每一年（愛心.jpg）。』

他又笑了，湊到她眼前：「新年快樂。」

雲泥眼睛亮亮的，仰頭親在他唇角：「新年快樂。」

第二天是元旦，雲泥和李清潭起了個大早，開車去了雲連飛那邊。

雲連飛前兩年做過手術，這兩年在女兒的監督下又戒菸又戒酒，工地上的活也沒接的那麼勤，平時朝九晚五。

李清潭和雲泥過去時，他才剛起床，正準備出門去買菜。

雲連飛放下鑰匙問：「都還沒吃早餐吧？」

李清潭接話：「沒呢。」

「那走，一起去樓下吃。」雲連飛鑰匙放下又拿起來，心情看起來很好：「中午我和李清潭喝一杯。」

這話被雲泥聽見：「他胃不好，不能喝，爸你也少喝點，我不是讓你戒酒了嗎？」

雲連飛笑：「過節嘛，想喝一點。」

「一點也不行。」雲泥說：「等等去超市買兩瓶牛奶吧。」

「……」

「……」

家裡兩個男人都被雲泥管得死死的，可偏偏又都「敢怒不敢言」，中午吃飯一點酒味都沒有。

吃過飯，雲連飛出門找老友下棋，雲泥和李清潭留在家裡。

「你要不要睡一下？」昨晚兩人聊到快天亮，想著今天要過來吃飯，中間也沒怎麼睡，雲泥看他精神不大好，問了句。

「還好，不怎麼睏。」李清潭跟著她走進臥室。

雲泥現在不怎麼回來住，雲連飛就睡在臥室，但他沒怎麼動過房間裡的擺設也沒把她學生時候那些東西收拾出來。

他自己的東西東堆一點西放一點，亂糟糟的。

雲泥收拾了一堆衣服，找不到地方放，拉開櫃子一看，裡面都是她以前的東西。

「我爸真是的，都跟他說多少遍了，這裡面的東西我現在用不上可以收拾出來放衣服，怎麼都不聽。」雲泥一邊念叨，一邊把櫃子裡那些用不上的東西一樣一樣收拾出來。

李清潭在屋裡轉了一圈，在陽臺找了大紙箱蹲在一旁把東西往裡面裝，突然他拿起其中一疊信封問：「這什麼？」

雲泥回頭看了眼，神情愣了下，敷衍道：「沒什麼。」

她這個反應顯然就是有鬼啊。

「真的嗎？」李清潭意味深長地笑了下，從其中抽了一封出來，信封是粉色的，封口還貼著一個愛心，只是時間久遠，膠水早已不凝固，隨著他抽出的動作，那顆愛心掉在地上。

雲泥硬著頭皮去奪：「真沒什麼，你別看了。」

李清潭手一偏，人站起來，藉著身高優勢將信抽出來，慢條斯理地讀著：「親愛的雲同學妳好，我是國三二班的許韜——」

「閉嘴吧你。」剩下的話都被雲泥用手堵了回去，她整個人掛在他後背上，惡狠狠地道：「你長這麼大，難道就沒收過情書嗎？！」

李清潭被她勒著脖子，又怕她掉下去，只好分出手去托著：「收是收過，但我也沒私藏到現在啊。」

他回頭看了眼地上那一疊，輕嘖了聲：「還藏了那麼多。」

雲泥從他背上下來，把他手裡那一封奪了過去，格外硬氣道：「我就藏，你管我。」

李清潭哼笑了聲，反正他有的是辦法讓她服軟。

雲泥把那些信原樣放回去，她以前第一次收到情書時都沒拆開就直接丟了。

偶然有一次被母親徐麗看見，她告訴雲泥，就算不喜歡對方，也要善待人家的心意。

這之後，她再收到別人的情書，都會妥善保管，後來徐麗去世，她不再分心到這些事情上，性格變得冷淡，在學校獨來獨往，便很少再收到情書。

若不是今天翻出來，她都快要忘了還有這些東西。

櫃子底層放著的基本上都是雲泥以前的東西，衣服、各種拿獎的證書，還有好幾本相冊。

全部收拾出來，底層空了一大半。

李清潭也不再追問情書的事，隨手翻開一本相冊，扉頁的空白處寫著一行小字。

女兒雲霓留影。

雲霓。

這不是李清潭第一次看見這個名字，高中有一次，他來家裡找她吃飯，在外面貼滿了獎狀的牆上看見一張照片。

拍的是小時候的雲泥，她拿著一張證書和獎盃，證書上面寫的也是雲霓二字。

後來陸陸續續發生了一些事情，他也沒來得及去問這件事，後來分開，再到如今重逢。

這幾年風雨，李清潭並未想起這件事。

時至今日再看見這個名字，他當初沒有深入的細想在此時此刻逐漸延伸出更多的疑問。

第一次知道她名字時，李清潭也曾經好奇過，為什麼父母會幫孩子取這樣的名字。

雲泥。

雲霓。

一字之差，卻是天壤之別的兩層意思。

李清潭闔上相冊放回原處，拿起那些堆積的證書，每一個寫的都是雲霓，而非雲泥。

他盯著那兩個字出神，雲泥察覺到氣氛沉默，誤以為他不高興了，抬頭看了過來：「你生氣了？」

「我生什麼氣。」李清潭闔上證書放進箱子裡。

雲泥聽著語氣不太對，把徐麗以前和她說過的話又說給他聽，而後又說：「我留著這些信沒其他意思的。」

「我知道，我沒生氣。」

「那你怎麼突然不說話了？」還挺嚇人的，雲泥腹誹道。

「就是……」他想了想：「算了，沒什麼。」

雲泥直想大呼救命，咋舌道：「你這是在報復我嗎，說這麼吊人胃口的話。」

李清潭：「我就是不知道能不能問。」

「我們之間還有什麼不能問的嗎？」雲泥笑了下：「我一定知無不言言無不盡。」

他又沉默了下，像是在斟酌：「妳是不是改過名字？」

雲泥沒想到他會突然問起這個，神情有幾分怔愣，笑意也下意識斂了幾分，「嗯，改過。」

李清潭看她的反應也不知道該不該再問下去，最後反倒是雲泥先開口：「我媽媽去世那一年，我爸去派出所銷戶順便換戶口名簿，但那裡的工作人員把我的名字寫錯了。」

「那幾年我家裡遇到很多變故，我爸做生意失敗，後來又出車禍瘸了一條腿，我那時候想法比較中二，就覺得可能這個錯誤的名字也許就是上天的意思。」

「比起霓虹的霓或許泥土的泥更適合我。」

李清潭無法想像那幾年她是怎麼度過的，倏地傾身抱住她，閉了閉眼睛，喉結輕滾：「對不起，我不該問的。」

過了那麼久，雲泥心裡的難過和心酸早已平息：「好啦，沒事，你不提我都快忘記這事了。」

他沒有說話。

雲泥輕笑：「你今天怎麼老揭我底呢。」

「我不是故意的。」李清潭鬆開手，眼眶泛紅，聲音也有些啞：「妳是雲霓，也是雲泥。」

「從來沒有什麼適合不適合。」他格外鄭重的說：「妳是最好的，也值得最好的。」

雲泥有點想哭，忍著哽咽「嗯」了聲。

他伸手將她抱到自己懷裡，指腹貼著她眼角輕輕抹了下：「不准哭。」

「我沒哭。」雲泥輕吸了下鼻子：「李清潭。」

「嗯？」

「你是我的光。」

她的人生在遇見他之前就像一條泥濘不堪的路，布滿了陰雲暴雨，她在其中盤旋、掙扎、奔跑。

好似永遠無法擺脫。

直到他的出現，暴雨驟停撥雲見日，從此以後路途不再有烏雲和荊棘，只剩下那猛烈而耀眼的光。

那天回家時，李清潭從那一堆相冊裡拿了一本帶走，趁著雲泥不注意將那一疊情書也順走了。

私藏什麼的，還是交給他來辦吧。

回家的路途中，李清潭意外接到了李明月的電話，他手機連著車內的藍牙，也沒避著雲泥。

李明月在電話裡提道：『爸今天叫人來家裡立遺囑了，留了一份給你，你看什麼時候有空來一趟北京。』

李清潭愣了下：「他這麼早就立遺囑了？」

『別擔心，爸身體沒問題，只是提前立下這些。』李明月說：『還有爺爺之前留給你的那些，你這趟回來都一起辦了吧。』

李清潭：「不用了，我現在已經不在家裡，那些東西我不該拿也不會拿，妳找人幫我處理一下，我就不過去了。」

李明月嘆息：『你是真不打算回來了？』

「嗯。」

『算了，我回頭跟爸說。』李明月了解他的性子，自知多說無益，關心了幾句就掛了電話。

車裡的音樂又自動播放，雲泥扭頭看了他一眼，沒有說話。

車子開進社區裡的停車場，等電梯時，李清潭突然說要去買東西，雲泥也沒說什麼：「好。」

她回到家裡，洗完澡過了一陣子才聽見外面開門的動靜。

李清潭也是洗完澡才進臥室，蝦醬跟在他身後，在屋裡溜達了一圈，找到自己的球又跑了出去。

雲泥看他溼著頭髮，去外面拿了吹風機：「過來，幫你吹頭髮。」

李清潭沒拒絕。

吹風機是靜音的，沒什麼太大的聲音，雲泥吹了一半，忽地關了吹風機，彎腰從後面抱住他：「李清潭，你不要不開心。」

李清潭握住她的手腕，偏頭蹭了下腦袋：「沒有不開心。」

他也說不上來是什麼感受。

就像是在心口處懸了一塊搖搖欲墜的大石頭，知道會掉卻又不知道什麼時候會砸下來。

李清潭加重力道，把她拉到懷裡坐著：「好了，真沒有不開心，就是有點堵，睡一覺就好了。」

「那你明天想吃什麼，我早上起來去買。」

「都行，等睡醒了我們一起去。」李清潭就著這個姿勢和她交換了一個吻，又很快鬆開。

收拾好回到床上後，他伸手拿起放在床頭櫃上的相冊。

翻開扉頁，和之前看到的那一本一樣，寫著「女兒雲霓留影」。

李清潭問：「這些都是妳幾歲時候的照片？」

「五六歲吧。」雲泥靠著他肩膀，低頭看了眼，指著其中一張，笑問：「這張，你猜我當時在幹嘛？」

「怎麼？」

「我跟社區裡的小男孩打賭，只要我爬上這棵樹，他就不再把他家狗帶出來嚇唬我們。結果那天我真的爬上了樹，可我不敢下來，我爸聽到消息之後，從家裡出來找我的時候還把相機帶過來。」雲泥說：「我當時嚇死了，可我爸還在那裡幸災樂禍，非要幫我拍了張照片才把我抱下來。」

「妳膽子真大，這麼高的樹都敢爬。」李清潭又翻過一頁，雲泥在一旁解釋著每一張照片被拍下時的情景。

那種感覺就好像他也在無形中參與了她的童年。

翻到最後一頁，李清潭在看見其中一張照片時，眸光倏地一頓，而後還將相冊拿近了湊到眼前看。

雲泥好奇道：「怎麼了？」

他指著那一頁最後一張照片問：「這是什麼時候拍的？」

雲泥順著看過去。

那張照片裡，她穿著粉色的羽絨外套，帶著一個紅色的帽子，手裡拿著一串糖葫蘆，站在市裡少年宮的大門口。

「千禧年的元旦，我們幼稚園去少年宮參加元旦表演，我爸幫我拍的。」雲泥又問：「怎麼了？」

聽完這句話，李清潭忽然笑了：「原來我們的緣分從這麼早就開始了。」

「啊？」

他指著照片右下角不小心被拍到的一個小男孩，「這個是我，那天的表演我也去看了。」

雲泥呼吸一停，像是難以置信，抬眸看了他幾秒，又看向那張照片：「我都沒注意到。」

「我也沒想到會這麼巧。」

雲泥拿過照片看了一下，又對著李清潭的臉仔細比較了一番，「你姐姐說得一點都沒錯。」

「嗯？」

「你小時候長得真——」她不怕死的接上後半句話：「挺漂亮的。」

「……」

李清潭眉梢輕揚，眼裡蘊著笑意，慢悠悠道：「不漂亮怎麼對得起紅顏禍水這個稱號。」

兩人四目相對。

雲泥看著他的模樣，又看了看相冊裡的小男孩，莫名覺得好笑，放下相冊鑽到他懷裡，「李清潭。」

「嗯？」他低頭看著她，「怎麼？」

她像是知道了什麼好消息一樣，笑得愉悅而滿足：「原來我們這麼有緣啊，所以菩薩一定會覺得我們很好，保護我們的對不對？」

「對，一定會的。」說完這句，李清潭伸手把她往上撈了撈，低下頭親她：「我們會永遠在一起。」

長夜漫漫。

他們這一生還很長。

〈晚〉

千禧年的元旦，盧城為了慶祝新世紀的來臨，在市裡的少年宮舉辦了一場元旦表演。其中有一場《白雪公主與七個小矮人》的舞臺劇是由盧城長江路幼稚園和中科大幼稚園兩個學校的學生共同出演。

表演當天，作為白雪公主扮演者的雲霓，一大早還在家裡賴床不起。

「吳老師都打幾次電話了，妳再不起床我就和老師說不讓妳演白雪公主了。」

徐麗話音剛落，原先還躲在被窩裡的人立刻鑽出來，稚聲稚氣地叫著：「不要！媽媽不要！」

「那還不快點起來。」徐麗看了眼時間：「我們八點鐘就要出門，妳還有十五分鐘。」

小女孩不情不願的「啊」了聲，但還是加快了起床的速度，趕在十四分零六秒坐上了出發的車子。

「媽媽，今天爸爸會過來看我表演嗎？」去少年宮的路上，雲霓因為沒有在家裡看見雲連飛，有一點失望。

「當然會去，等爸爸開完晨會，他就和張叔叔一起過來啦。」徐麗伸手替女兒拉好了帽子：「今天要當著很多人表演，寶貝緊不緊張啊？」

雲霓搖搖頭：「我才不呢，吳老師說我是最好看的白雪公主，我一點都不緊張。」

「真的嗎？」

小女孩唇紅齒白，漆黑的眼眸溼潤水靈，尤為可愛：「好嘛，還是有一點點緊張。」

她用大拇指和食指比劃出一個很小的弧度：「就只有這麼多緊張。」

徐麗很溫柔的笑著，屈指輕刮了下她的鼻尖：「小機靈鬼，不用緊張，到時候爸爸媽媽都在臺下看著妳呢。」

雲霓用力地點了下頭：「好！」

表演正式開始的時間是下午一點十分。

李清潭是被母親呂新拉過來的，比起看這些表演，他更喜歡留在家裡拼自己的模型。

更何況今天表演的還有在幼稚園總是欺負他的小男生，但這些都不能跟媽媽說。

去的路上，呂新看了眼還有些氣鼓鼓的兒子，溫聲問道：「聽你們老師說，本來是想讓你去扮演王子的，你怎麼沒答應呀？」

李清潭的嘴角撇得都快能掛醬油瓶了，「不想演。」

「演王子還不想啊？又不是讓你去扮小矮人。」呂新捏了捏他的臉，故意打趣道：「你長得這麼漂亮，應該讓你去演公主才對。」

「媽媽！」李清潭不高興的叫了聲，白白淨淨的一張臉立刻紅起來：「妳不要說！我是男生，不可以說漂亮。」

「好好好，是媽媽說錯了。」呂新笑著道：「是帥氣對不對？」

李清潭故意撇開頭不看她。

呂新覺得他實在可愛極了，握著他的手晃了晃：「媽媽都跟你道歉了，你還生氣啊？」

「哼。」

「那媽媽等等給你個驚喜，你不要生氣了好不好？」

小男生這才被引起了好奇，轉過頭：「什麼驚喜？」

呂新有些神祕地說：「等到地方你就知道了。」

「好嘛。」

母子倆下車的地方離少年宮不遠，一路走過去，到了門口，李清潭抓著呂新的手臂問：「媽媽，妳說的驚喜在哪裡呢？」

呂新蹲在他面前，指著他身後一個方向：「看那是誰。」

李清潭順著母親手指的方向看過去，待看清站在那裡的人時，眼睛倏地一亮，「爸爸！」

話音落，小男生便朝著李鐘遠飛奔而去。

一旁賣冰糖葫蘆的攤販前，小雲霓被父親雲連飛抱在懷裡，聽見身後的動靜扭頭看了過去。

小男生穿著黑色的鋪棉夾克，從她身旁飛奔而過，直直奔入站在遠處的一個男人懷裡。

她沒怎麼在意，又轉過頭看著玻璃櫃裡紅豔豔的糖葫蘆：「爸爸，我能不能多買一個？」

「不行，媽媽說了妳只能吃一串。」雲連飛故意嚇她：「小孩子糖葫蘆吃多了會吃壞肚子的，要進醫院打針，妳不是最怕打針的嗎？」

小女孩在多吃一串糖葫蘆和打針之間掙扎了一下，撇著嘴說：「那我要最大的一串。」

「好，爸爸買給妳。」

買完糖葫蘆，徐麗也和巧遇的同事寒暄完，一家三口走到少年宮門口，有不少人都在和懸掛在門口上方用燈籠拼湊成的二〇〇〇拍照留影。

雲連飛說幫雲霓也拍一張，讓她拿著糖葫蘆站過去。

雲霓屁顛屁顛跑過去站好了。

周圍人來人往。

李清潭被父親抱在懷裡，呂新手裡拿著李鐘遠帶給他的新年禮物，挽著丈夫的手臂，有說有笑的隨著人流往裡走。

忽然間，從人群裡的角落裡傳來一聲。

「雲霓。」

「看這裡。」

李清潭順著聲音抬頭看過去，眼前全是陌生面孔。

他在人群的縫隙裡看見一個穿著粉色羽絨外套、帶著紅色帽子、手裡拿著一串糖葫蘆的小女生。

在那一瞬間，相機將這一切定格。

誰也不知道，他們的人生軌跡終將會走向何方。
是重疊，還是錯過。
都留給了歲月去見證。

──《雲泥》番外完──
──《雲泥》全文完──

高寶書版集團
gobooks.com.tw

YH 164
雲泥（下）

作　　者　歲見
封面繪圖　虫羊氏
封面設計　虫羊氏
責任編輯　楊宜臻
內頁排版　賴姵均
企　　劃　何嘉雯

發 行 人　朱凱蕾
出　　版　英屬維京群島商高寶國際有限公司台灣分公司
　　　　　Global Group Holdings, Ltd.
地　　址　台北市內湖區洲子街88號3樓
網　　址　gobooks.com.tw
電　　話　(02) 27992788
電　　郵　readers@gobooks.com.tw（讀者服務部）
傳　　真　出版部(02) 27990909　行銷部 (02) 27993088
郵政劃撥　19394552
戶　　名　英屬維京群島商高寶國際有限公司台灣分公司
發　　行　英屬維京群島商高寶國際有限公司台灣分公司
法律顧問　永然聯合法律事務所
初　　版　2024年6月

本著作物《云泥》，作者：歲見，由北京晉江原創網絡科技有限公司授權出版。

國家圖書館出版品預行編目(CIP)資料

雲泥/歲見著. -- 初版. -- 臺北市：英屬維京群島商高寶國際有限公司臺灣分公司, 2024.06
冊；　公分. --

ISBN 978-986-506-986-5(上冊：平裝). --
ISBN 978-986-506-987-2(下冊：平裝). --
ISBN 978-986-506-988-9(全套：平裝)

857.7　　113006376